LOS CINCO EN LA CARAVANA

Este libro pertenece a

Benito y Brotons

ENID BLYTON

LOS CINCO
EN LA CARAVANA

EDITORIAL JUVENTUD, S. A.
PROVENZA, 101 - BARCELONA

LOS CINCO EN LA CARAVANA (27)

Título original: FIVE OFF IN THE CARAVAN
© Enid Blyton, 1946
© de la traducción española:
    Editorial Juventud, Barcelona, 1966
Traducción de María Jesús Requejo
Ilustraciones de José Correas
Decimosexta edición, 1996
Depósito Legal: B. 6.249-1996
ISBN 84-261-0359-6
Núm. de edición de E. J.: 9.322
Impreso en España - Printed in Spain
I. G. Quatricomia, S. A. c/ Pintor Vila Cinca, nave nº 4 - 08213 Polinyà (Barcelona)

Í N D I C E

Éste es el sexto libro del «Club de los Cinco». En el encontrarás a Julián, Dick, Jorge, Ana y *Timoteo,* el perro, como en todos los demás libros de esta misma colección. Cada libro constituye una aventura completa.

Los títulos son:

Esperamos que os gusten tanto como los de la serie «Siete Secretos».

Cariñosamente,

CAPÍTULO PRIMERO

EL PRINCIPIO DE LAS VACACIONES

—Me encanta el comienzo de las vacaciones de verano —dijo Julián—. Siempre me da la sensación de que van a durar siglos y siglos.

—¡Al principio marchan tan despacio y tan bien...! —repuso Ana, su hermana menor—. Lo malo es que en seguida empiezan a galopar.

Los otros se echaron a reír. Comprendían muy bien lo que Ana quería decir.

—¡Guau! —emitió una voz profunda, como indicando amplio asentimiento.

—También *Tim* piensa que tienes razón, Ana —comentó Jorge, dando una palmada al jadeante perrazo que reposaba junto a ellos. Dick la imitó y *Tim* les respondió con una cariñosa lengüetada.

En aquella primera semana de vacaciones, los cuatro niños se hallaban tumbados en el soleado jardín. Por regla general solían pasarlas en Kirrin, en casa de su prima Jorgina, pero esta vez, para variar, estaban todos en casa de Julián, Dick y Ana.

Julián era el mayor de todos, un muchacho alto y robusto, de rostro sano y agradable. Le seguían Dick y Jorgina, que parecía más bien un chico con bucles que una niña. Incluso insistía en ser llamada Jorge. Las mismas profesoras de su escuela la denominaban así. Ana era la menor, aunque, con gran satisfacción de su parte, estaba creciendo más de prisa que ninguno.

—Papá ha dicho esta mañana que, si no queríamos quedarnos aquí todas las vacaciones, podíamos elegir lo que nos gustase hacer — concluyó Ana —. Yo voto por que nos quedemos aquí.

—Pues yo creo que, para variar — replicó Dick —, podríamos pasar dos semanas en algún otro sitio.

—¿Qué os parece si vamos a Kirrin a visitar a los padres de Jorge? — preguntó Julián, pensando que quizás a ella le agradaría.

—No puede ser — rechazó ésta de inmediato —. Estuve en casa a mediados de trimestre y mi madre me dijo que papá estaba empezando uno de sus experimentos. Ya sabéis lo que eso significa. Tendríamos que andar de puntillas, hablar en voz baja y no acercarnos a él durante todo el tiempo.

—Ésa es la pega de tener a un sabio por padre — contestó Dick, tendiéndose boca arriba y cerrando los ojos —. Además, tu madre no podría atendernos a nosotros y a tu padre al mismo tiempo. Cuando se dedica a uno de sus experimentos, es capaz de dejarse escapar los átomos.

—A mí me es simpático el tío Quintín, aunque me da miedo cuando le entra una de sus rabietas — comentó Ana —. ¡Grita de un modo...!

—Bien. Queda decidido que no vamos a Kirrin — concluyó Julián bostezando —, por lo menos en estas vacaciones. Tú, Jorge, podrás ir a ver a tu madre siempre que quieras, una semana o así. ¿Qué haremos nosotros entonces, quedarnos aquí todo el tiempo?

Continuaban los cinco tumbados boca arriba al sol, con los ojos cerrados. ¡Qué tarde tan calurosa! *Tim* estaba echado sobre Jorge, con su rosada lengua colgando y jadeando sonoramente.

—¡Vaya, *Tim*! — exclamó Ana —. Haces más ruido que

si hubieses estado corriendo kilómetros y kilómetros. Me estás dando todavía más calor del que hace.

Tim colocó su amistosa pezuña sobre la cintura de Ana, que soltó un chillido.

—¡No, *Tim*! ¡Qué pata más pesada! ¡Quítamela de encima!

—Oíd una cosa. Yo creo que si nos dejasen ir por nuestra cuenta a algún sitio, resultaría bastante divertido — opinó Jorge, mordiendo una brizna de hierba y bizqueando los ojos en dirección al cielo, de un intenso azul —. Aquella vez que estuvimos solos en la isla de Kirrin, por ejemplo, nos divertimos como nunca. ¿No podríamos marcharnos a algún lado?

—Pero, ¿adónde? — repuso Dick —. ¿Y cómo? No somos bastante mayores como para llevar un coche, aunque os apuesto que yo sabría conducirlo. Y en «bici» no sería muy divertido, porque Ana no puede correr tanto como nosotros.

—Además, siempre hay alguien que tiene un pinchazo — concluyó Julián.

—Sería una cosa fantástica ir a caballo — suspiró Jorge —. Lo malo es que no disponemos de ninguno.

—De uno por lo menos, sí. Tenemos al viejo *Dobby* — contestó Dick —. Es nuestro. Solía tirar del carricoche, pero, como ahora ya no lo usamos, se pasa la vida pastando en el prado.

—¿Y qué? Un caballo no podría llevarnos a los cuatro, tonto — dijo Jorge —. *Dobby* no sirve.

Se produjo un silencio, mientras todos pensaban perezosamente en las vacaciones. *Tim* intentó cazar una mosca y sus dientes se unieron con un ruidoso chasquido.

—¡Ojalá supiera yo cazar las moscas así! — comentó Dick, espantando una moscarda —. ¡Ven a coger ésta, *Tim*!

—¿Qué tal os parecería una excursión a pie? —apuntó Julián, tras una pausa. Hubo un coro de protestas.

—¿Queeé?... ¿Con este tiempo? ¡Tú estás loco!

—No nos lo permitirían tampoco.

—¡Qué horror! ¡Andar kilómetros y kilómetros con este calor!

—Bueno, bueno —los calmó Julián—. Pensad en algo mejor entonces.

—A mí me gustaría ir a algún sitio donde pudiéramos bañarnos —propuso Ana—. A un lago, por ejemplo, si es que no podemos ir al mar.

—Suena bien —dijo Dick—. ¡Madre mía! Me estoy durmiendo. O nos damos prisa en resolver este asunto o empezaré a dar ronquidos.

Sin embargo, el asunto no era tan fácil de solucionar. Ninguno quería ir a un hotel o una pensión, donde los mayores se empeñarían en ir con ellos y vigilarlos, ni les apetecía tampoco ir a pie o en bicicleta, en aquel caluroso mes de agosto.

—Me parece que vamos a quedarnos todas las vacaciones en casa —dijo al fin Julián—. Bueno, voy a echarme una siestecita.

A los dos minutos dormían todos sobre la hierba, excepto *Tim*. Cuando los chicos se dormían al aire libre, *Tim* se consideraba obligado a mantener la guardia.

El perrazo dio un suave lametón a Jorge, su ama, y se sentó con determinación a su lado, enhiestas las orejas y brillantes los ojos. Jadeaba con fuerza, pero nadie le oía ya. Dormitaban con deleite al sol, tostándose poco a poco.

El jardín se extendía sobre la falda de una colina. Desde el punto en que *Tim* se hallaba sentado, podía divisar un extenso trecho de la carretera que bordeaba la casa, una carretera ancha, si bien no demasiado frecuentada, por pertenecer a un distrito rural.

De pronto *Tim* percibió el ladrido de un perro en la

lejanía y sus orejas giraron en aquella dirección. Después oyó que pasaba un grupo de gente por la carretera, y sus orejas se movieron de nuevo. Nada se le ocultaba, ni siquiera el petirrojo que bajaba de un arbusto no lejano para coger una oruga. Le gruñó quedamente, tan sólo para indicar que estaba en guardia, que no se descuidase.

En aquel momento apareció en la ancha calzada algo que hizo a *Tim* estremecerse de excitación al olfatear los extraños olores que ascendían hasta el jardín.

Una gran caravana se acercaba serpenteando por la carretera, entre el rumor y el estruendo de las ruedas. Un lento desfile, encabezado por un extraño ser.

El perro no tenía la menor idea sobre lo que sería aquel monstruo que aparecía al frente del desfile. En realidad era un enorme elefante. *Tim* percibió su olor fuerte y anómalo, que encontró desagradable. También llegó hasta él el tufo de los monos y la algarabía de los perros amaestrados. Les contestó desafiante.

—¡Guau, guau, guau!...

El fuerte ladrido despertó en el acto a los cuatro chicos.

—¡Cállate, *Tim*! —reprendió Jorge, enojada—. Buena la estás armando mientras dormimos.

—¡Guau! —repetía *Tim* con obstinación, empujando con las patas a su ama para obligarla a incorporarse. La niña se sentó. Inmediatamente vio la caravana y profirió un chillido.

—¡Eh, vosotros, despertad! ¡Está desfilando un circo! ¡Mirad!

Sus primos se incorporaron, despejados ya por completo. Con ojos atónitos, contemplaron las carretas que pasaban lentamente y oyeron el aullido de un animal y los ladridos de los perros.

—Mirad ese elefante que arrastra el carromato —dijo Ana—. Debe de ser terriblemente fuerte.

—¿Por qué no bajamos hasta el portón del camino? — propuso Dick.

Se levantaron y descendieron corriendo por el jardín, dando vuelta a la casa, hasta alcanzar el sendero que desembocaba en la carretera. El desfile pasaba en aquel momento ante la cancela.

Constituía un alegre espectáculo. Los remolques aparecían pintados con brillantes colores y, desde fuera, semejaban nuevos y flamantes. Cortinillas floreadas colgaban ante las ventanas. En el pescante de cada carreta se sentaba el dueño o la dueña, dirigiendo al caballo que arrastraba. Sólo el remolque delantero iba tirado por un elefante.

—¡Caramba! ¿No es emocionante? — exclamó Jorge —. Me encantaría formar parte de un circo que anduviese vagando todo el año de un sitio a otro. Ésa es la clase de vida que me gustaría.

—¡Menudo papel harías tú en el circo! — comentó Dick con aspereza —. Ni siquiera sabes hacer la rueda.

—¿Qué es la rueda? —preguntó Ana.

—Lo que hace aquel chico — respondió Dick —. ¡Mira!

Y señaló a un muchacho que estaba haciendo rápidos volatines, apoyándose sucesivamente en las manos y en los pies, girando como una verdadera rueda. Aparentaba muy sencillo, pero no lo era, como Dick sabía muy bien.

—¡Qué maravilla! — dijo Ana con admiración —. Me gustaría saber hacerlo a mí también.

El muchacho se les acercó y les dirigió una mueca. A su lado caminaban dos *terriers*. *Tim* empezó a gruñir y Jorge lo sujetó por el collar.

—No te acerques mucho — le gritó al muchacho —. *Tim* saltará sobre ti. No te conoce.

—No les haremos daño — contestó el muchacho, con otra mueca. Tenía un rostro feo y pecoso y una cabellera revuelta y descuidada —. No permitiré que mis perros se coman a vuestro *Tim*.

—Como si pudieran — repuso Jorge burlona, echándose a reír.

Los *terriers* se mantenían pegados a los talones del muchacho. Éste chasqueó los dedos y de inmediato ambos perros se levantaron sobre sus patas traseras y echaron a andar tras él, muy formales, dando unos curiosos pasitos.

—¡Oh! ¿Son perros amaestrados? — preguntó Ana —. ¿Son tuyos?

—Los dos — dijo el muchacho —. Éste es *Ladridos* y éste *Gruñón*. Los tengo desde que eran cachorros. ¡Son más listos que el hambre!

—¡Guau! — articuló *Tim*, muy disgustado en apariencia al ver a sus congéneres andar de un modo tan especial. Nunca se le hubiera ocurrido que un perro pudiese hacerlo sobre las patas traseras.

—¿Dónde vais a dar la próxima función? — preguntó Jorge con ansiedad —. Nos gustaría mucho verla.

—Estamos de descanso — repuso el muchacho —. Tenemos permiso para acampar con los animales allá arriba, en unas colinas que tienen al fondo un lago azul. Es un sitio salvaje y solitario y no molestaremos a nadie. Allí mismo instalaremos nuestros remolques.

—Eso suena bien — dijo Dick —. ¿Cuál es tu carreta?

—La que pasa en este momento — contestó el muchacho, señalando a un carricoche pintado de brillantes colores, azul y amarillo en los lados y con las ruedas rojas —. Vivo en ella con mi tío Dan, el payaso principal del circo. Aquel que va sentado en el pescante guiando el caballo.

Los niños contemplaron al payaso principal, pensando que nunca en su vida habían visto a nadie con menos aspecto de *clown*. Llevaba puestos unos astrosos pantalones de franela gris y una camisa roja cubierta de porquería, abierta sobre un cuello igualmente sucio. Aparentaba ser una persona incapaz de llegar a hacer una sola broma, ni nada que tuviese la menor gracia. En realidad, parecía bastante malhumorado, según la opinión de los niños, y ponía un gesto tan atroz mientras chupaba su vieja pipa, que Ana se sintió invadida por el miedo.

No se dignó dirigir una sola mirada, pero llamó con voz áspera al muchacho.

—Nobby, mantente a nuestro paso. Entra en el carricoche y hazme una taza de té.

El chico les guiñó un ojo y corrió hacia la caravana. Estaba claro que el tío Dan lo tenía en un puño. Se asomó a la ventanilla lateral de la carreta más cercana a los chicos.

—Siento no poder invitaros a tomar el té a vosotros y al perro — gritó —, pero a *Gruñón* y a *Ladridos* no les gustaría ni chispa conocerlo.

La caravana continuó su camino, llevándose al ceñudo payaso y al gesticulante muchacho. Los chicos siguieron contemplando el paso de los restantes carromatos. Se trataba de un circo bastante grande. Había una jaula de monos, otra en la que dormía un chimpancé, una hilera de preciosos caballos, bruñidos y relucientes, y un vagón grande que transportaba bancos, aparatos y tiendas. Pasaron después los remolques que servían de vivienda a las gentes del circo, con un ejército de personajes extraños, sentados en las escaleras de sus carretas o andando al lado para estirar las piernas. Al fin, desapareció el desfile y los chicos regresaron lentamente a su soleado rincón. Se sentaron en silencio. De pronto Jorge anunció algo que los hizo a todos ponerse en pie de un brinco.

—¡Ya sé lo que vamos a hacer estas vacaciones! ¡Alquilaremos un remolque y nos marcharemos en él por ahí!

—¡Eso!... ¡Eso!...

Capítulo II

LA GRAN IDEA DE JORGE

Los chicos se quedaron mirando con asombro el excitado y enrojecido rostro de Jorge. Entusiasmado, Dick aporreó el suelo con los puños.

—¡Una idea fantástica! ¿Cómo no se nos había ocurrido antes?

—¡Una carreta para nosotros! ¡Parece demasiado hermoso para ser verdad! —dijo Ana. También su rostro se había cubierto de carmín y sus ojos brillaban de emoción.

—¡Un momento!... Os voy a proponer algo que nunca hemos hecho hasta ahora — exclamó Julián, preguntándose en su interior si sería realmente factible —. Resultaría algo grandioso si pudiéramos acampar en las colinas donde está el lago de que habló ese chico. Podríamos bañarnos allí y, quizá, llegar a hacernos amigos de la gente del circo. Siempre he deseado conocer la vida de los circos.

—¡Caramba, Julián, esa idea es aún mejor! — dijo Jorge, frotándose las manos de satisfacción —. A mí me gustó ese chico, Nobby, ¿y a vosotros?

—También — contestaron a coro.

—El que no me ha hecho gracia ha sido su tío — prosiguió Dick —. Me parece una mala pieza. Apuesto a que no le permite a Nobby salirse de la raya, ni hacer nada por su cuenta sin que le haya sido ordenado.

—Julián, ¿crees que papá y mamá nos dejarán ir a acampar por nuestra cuenta? —preguntó Ana con interés —. Me parece la idea más maravillosa que hemos tenido en la vida.

—Bueno, por lo pronto podemos preguntar y ya veremos. Yo tengo edad suficiente para cuidar de todos.

—¡Bah! —protestó Jorge —. No me hace falta niñera, gracias. Y de todos modos, si necesitamos a alguien que nos cuide, *Tim* puede encargarse de ello. Estoy segura de que los mayores se alegrarán de verse libres de nosotros por una o dos semanas. Siempre piensan que las vacaciones de verano duran demasiado.

—Nos llevaremos a *Dobby* para que tire del remolque — exclamó Ana de súbito, mirando al prado en el que el viejo caballo se espantaba pacientemente las moscas con su larga cola —. ¡A *Dobby* le encantará!... Siempre he pensado que debía sentirse muy solitario en ese prado. El pobre sólo sale cuando se lo prestamos a alguien.

—Claro que sí. *Dobby* vendrá con nosotros — dijo Dick —. Será estupendo. ¿De dónde podríamos sacar el remolque? ¿Son fáciles de alquilar?

—Ni idea — respondió Julián —. Conocí a un chaval en la escuela... ¿No te acuerdas de él, Dick, aquel grandullón que se llamaba Perry? Todas las vacaciones se iba en un remolque con su familia. Me dijo que los alquilaban. Podría enterarme por él dónde los conseguían.

—Papá lo sabrá — intervino Ana —, o, si no, mamá. Los mayores siempre saben esas cosas. A mí me gustaría una carreta grande y bonita, azul y roja, con una pequeña chimenea y ventanas a cada lado, una puerta detrás y una escalerilla para entrar y...

Los otros la interrumpieron para exponer sus propias ideas. Pronto se encontraron hablando todo al tiempo sobre el asunto, de una forma tan ruidosa que no oyeron acercarse a alguien, que se detuvo a su lado riendo al observar su agitación.

—¡Guau! — saludó *Tim* con gran cortesía. Era el único

que en aquellos momentos conservaba la serenidad suficiente para advertir lo que ocurría a su alrededor. Los niños alzaron los ojos al oír su ladrido.

—¡Ah, hola, madre! — dijo Julián —. Has llegado en el momento preciso. Queremos contarte una idea que hemos tenido.

La madre se sentó sonriendo.

—Parecéis muy excitados — dijo —. ¿Qué pasa?

—Mamá — empezó Ana antes de que alguien pudiera meter baza —. Hemos decidido que nos gustaría pasar las vacaciones en un remolque nosotros solos. ¿Nos dejaréis, mamá? ¡Sería tan divertido!

—¿Vosotros solos? — contestó la madre con un gesto dubitativo —. No sé qué deciros...

—Julián puede cuidar de nosotros — dijo Ana.

—Y *Tim* también — apuntó Jorge en el acto.

Tim golpeó en el suelo con el rabo. Desde luego que podría cuidarlo. ¿Acaso no lo había hecho durante años y compartiendo todas sus aventuras? Su rabo se meneó acompasadamente.

—Tendré que discutirlo con papá — contestó su madre —. No pongáis esa cara de desilusión. No puedo decidir una cosa así por mi cuenta y a toda prisa. De todas maneras, puede que nos venga bien, porque sé que papá tiene que ir al Norte una temporada y le gustaría llevarme. Creo que la idea de un poco de *camping* para vosotros no le parecerá desacertada. Hablaré con él esta noche.

—Podríamos llevarnos a *Dobby* para que tirase del remolque, ¿verdad, mamá? — preguntó Ana con los ojos brillantes —. Se sentirá muy feliz con nosotros... ¡Lleva una vida tan aburrida ahora...!

—Ya veremos, ya veremos — respondió su madre levantándose —. Ahora será mejor que entréis a lavaros. Es casi la hora del té. Tienes unos pelos horribles, Ana. ¿Qué has estado haciendo? ¿Andar con la cabeza en lugar de los pies?

Todos corrieron adentro para dirigirse al cuarto de baño, claramente animados. Mamá no había dicho «no». E incluso pensó que podría convenirles. ¡Qué ilusión! Marcharse solos en un carromato, haciéndose su propia comida y lavado, teniendo por compañía a *Dobby* y también a *Tim*. Desde luego, la idea era en verdad maravillosa.

Aquella noche, el padre de los niños regresó tarde a casa, lo que constituía un verdadero fastidio, pues nadie se veía ya capaz de esperar mucho tiempo para saber si podían ir o no. Todos se hallaban en la cama cuando llegó, excepto Julián. Cuando al fin éste se determinó a acostarse, todavía no había noticia alguna.

Se asomó al dormitorio de las niñas para explicarles:

—Papá ha venido cansado y está cenando un poco. Mamá no quiere molestarle, por lo visto, hasta que se encuentre mejor. Así que hasta mañana, nada. ¡Mala pata!

Las niñas refunfuñaron. ¿Cómo iban a lograr dormirse con las deliciosas imágenes de los carromatos flotando ante sus ojos y sin saber si podrían o no llevarlas a cabo?

—¡Sopla! — exclamó Jorge —. Tardaré un siglo en dormirme. ¡Quítate de mis pies, *Tim*! ¡Pues sí que estoy de humor para tenerte encima!

Por la mañana esperaban a los cuatro niños buenas noticias. Por una vez acudieron puntuales para desayunar, y Julián exploró con ansiedad el rostro de su madre. Ella le sonrió, asintiendo.

—Sí, ya lo hemos hablado — dijo —. Papá dice que no le parece mal. Cree que os sentará bien desfogaros un poco. Pero tendréis que llevar dos remolques. Una sola carreta no servirá para albergaros a los cuatro y a *Tim*.

—Pero, mamá, *Dobby* no puede tirar de los dos remolques — objetó Ana.

—Pediremos prestado otro caballo, ¿verdad, madre? — preguntó Julián —. ¡Un millón de gracias, papá, por decir que sí! ¡Eres un as!

—¡Y de primera clase! —corroboró Dick.

—¡Es un genio! —afirmó Jorge, arañando sin darse cuenta a *Tim* en su excitación —. ¿Cuándo podemos irnos, mañana?

—Imposible, mujer — replicó Julián —. Primero debemos conseguir las carretas, pedir el caballo y hacer el equipaje... ¡Un montón de cosas!

—Saldréis la semana que viene, cuando vuestra madre y yo nos marchemos al Norte — decidió el padre —. Es el mejor momento para todos. Además, de este modo, la cocinera disfrutará también de unas vacaciones.

—Tendréis que mandarnos una postal todos los días, para que sepamos dónde estáis o cómo os va.

—¡Ay, qué cosa más emocionante! — exclamó Ana —. Mamá, se me han quitado las ganas de desayunar.

—Si la sola idea de ir te produce tanto efecto, creo que será mejor que te quedes en casa — replicó maliciosa su madre.

Aterrada, Ana se quedó inmóvil un momento. Luego, a toda prisa, empezó a engullir su plato de cereales. Pronto advirtió que recobraba el apetito. ¡Parecía demasiado hermoso para ser verdad! Tendrían dos remolques y dos caballos. A lo mejor incluso dormirían en literas y guisarían al aire libre y...

—Quedan por completo a tu cargo, ¿entendido, Julián? — decía el padre del muchacho en aquel momento —. Ya tienes edad suficiente para tener sentido de la responsabilidad. Los otros tendrían que darse cuenta de esto y aceptar lo que tú dispongas.

—De acuerdo, papá — respondió Julián, rebosante de orgullo —. Yo me ocuparé de que todo marche bien.

—¡Eres un sol, *Tim*! — exclamó Ana —. Te obedeceré siempre. Bueno, y también a Julián.

—No seas tonta — dijo Dick, dando unas palmaditas

al perro —. Estoy seguro de que no nos dejarían ir sin él.
Es el más maravilloso de los guardianes.

—Desde luego que no os permitiríamos marchar sin él
— confirmó la madre —. Sabiéndoos con él tendremos la
seguridad de que os encontraréis bien.

La situación era de lo más emocionante. Cuando los chiquillos terminaron de desayunarse, salieron a discutir entre sí los preparativos.

—Como os dije ayer, yo voto por que subamos a las
colinas de las que habló aquel chico, esas que tienen un
lago al fondo, y acampemos allí— dijo Julián —. Así tendríamos compañía. ¡Y qué compañía más divertida!

—No debemos instalarnos demasiado cerca del circo.
A lo mejor no les hace gracia tener extraños a su alrededor. De todas maneras, nos quedaremos lo bastante próximos para ver pasear al elefante y entrenarse a los perros...

—Y haremos amistad con Nobby, ¿verdad? — preguntó Ana con vivacidad —. A mí me ha resultado simpático,
pero no quiero tener nada que ver con su tío. ¡Es el colmo
que un hombre de tan mal genio trabaje como payaso
principal de un circo!, ¿no os parece?

—No sé cuándo ni de dónde conseguirá mamá los remolques — comentó Julián —. ¡La que se va a armar cuando los veamos aparecer!

—Vamos a contárselo a *Dobby* — propuso Ana —. Seguramente se alegrará de saberlo.

—¡Eres una mocosa! — respondió Jorge en tono desdeñoso —. No entenderá ni una palabra de lo que le digas.

No obstante, siguió a su prima y pronto *Dobby* escuchaba todo lo referente al maravilloso plan de vacaciones.
¡Hiiiii! ... De modo que, en lo que a él concernía, ¡también
estaba contento!

—Y *Tim* también nos cuidará — intervino Jorge —. Es
tan responsable como pueda serlo Julián.

Capítulo III

LLEGAN LOS REMOLQUES

Por fin amaneció el gran día en que los remolques debían hacer su aparición. Los chiquillos permanecieron a la espera al final del sendero durante horas y más horas. Su madre se las había arreglado para pedírselos prestados a unos viejos amigos suyos y los muchachos habían prometido con toda solemnidad tratarlos con infinito cuidado y no estropear nada.

Ahora aguardaban ansiosos a que llegaran, sin moverse de su posición.

—Los traerán con coches —explicaba Julián—, pero también sirven para ser arrastrados por caballos. ¿Cómo serán? ¿De qué color estarán pintados?

—Oye, ¿crees que se parecerán a las carretas de gitanos, de ruedas altas? —preguntó Ana. Julián denegó con la cabeza.

—No, mamá dice que son modernos, aero... aerodinámicos, o algo así. No son muy grandes, porque un caballo no puede arrastrar un remolque demasiado pesado.

—¡Ya vienen! ¡Ya vienen! ¡Ya los veo! —gritó de súbito Jorge, haciéndoles ponerse en pie de un salto—. Mirad, ¿no son aquellos que se mueven allá abajo, en la carretera?

Todos esforzaron los ojos en la dirección señalada, mas

...guno poseía una vista tan aguda como Jorge y todo lo que alcanzaron a ver fue un borrón, un punto que se acercaba a lo lejos. Sin embargo, Jorge distinguía dos carricoches, que avanzaban uno tras otro.

—Jorge tiene razón — dijo al fin Julián entornando los ojos —. Son nuestros remolques. Van tirados por dos coches.

—Uno es rojo y otro verde — exclamó Ana —. ¡ Pido el rojo para nosotros! ¡ Dios mío, que se den prisa! — añadió impaciente.

¡ Por fin estaban llegando! Los chiquillos corrieron a su encuentro. Eran realmente muy bonitos, modernos y «aerodinámicos», como había dicho Julián, bien construidos y cómodos.

—¡ Casi arrastran! — dijo Ana —. ¡ Mirad qué justitas van las ruedas! ¡ A mí me gusta el rojo! ¡ Yo pido el rojo!

Cada uno de los remolques disponía de una pequeña chimenea, ventanas apaisadas a los lados y otra más pequeña sobre el pescante. Tenían una amplia puerta detrás, con escalerilla. Unas bonitas cortinas de alegres colores asomaban por las ventanas.

—¡ El remolque rojo tiene cortinas rojas y el verde las tiene verdes! — exclamó Ana —. ¡ Quiero verlos por dentro!

Se colgó en la escalera de uno de ellos, pero la puerta estaba cerrada y tuvo que contentarse con correr junto a los otros por el sendero, tras los carromatos, gritando a voz en cuello:

—¡ Mamá, mamá! ¡ Ya están aquí! ¡ Ya han llegado los remolques!

Su madre bajó corriendo a verlos. En seguida pidió las llaves y les abrió las puertas. Los chicos penetraron al interior y, al poco tiempo, comenzaron a oírse gritos de entusiasmo.

—Las literas están a un lado. ¿Dormiremos aquí? ¡Qué maravilla!

—¡Mira, tiene una pileta para fregar! ¡Y sale agua de los grifos! ¡Qué formidable!

—Hay una cocina para guisar, aunque me gustaría más que empleásemos una hoguera. ¡Oye! ¡Mira qué sartenes más brillantes! Y ahí hay tazas y platos colgados.

—Por dentro es como una casa de verdad en pequeño, pero es tan bonita que parece grande. Madre, ¿verdad que es un plan estupendo? ¿A que te gustaría venir con nosotros?

—¡Eh, niñas! ¿Habéis visto de dónde sale el agua? De ese tanque del tejado. Recoge la lluvia. Y este chisme sirve para calentarla. ¿No os parece soberbio?

Los niños se pasaron horas examinando los carromatos y descubriendo todos sus secretos. Realmente estaban bien acondicionados, resplandecientes de limpieza y muy espaciosos.

Jorge se sentía incapaz de esperar ni un minuto más. Había que enganchar a *Dobby* y salir al momento.

—No seas tonta, tenemos que esperar —le dijo Julián—. Sabes de sobra que nos hace falta otro caballo y no llega hasta mañana.

El otro caballo era un ejemplar negro, pequeño, pero robusto, llamado *Trotón*. Pertenecía al lechero, quien lo alquilaba a menudo. Un animal tranquilo, muy conocido de los chiquillos, que lo adoraban.

Todos ellos habían aprendido equitación en sus respectivos colegios y sabían cómo cuidar a un caballo, de manera que no debían temerse dificultades con respecto a *Dobby* y a *Trotón*.

También la madre de los niños aparecía excitada y contemplaba los remolques con interés.

—Si no tuviese que ir con papá, me entrarían tentaciones de acompañaros — dijo —. No pongas esa cara de espanto, nena. Ya sabes que no hablo en serio.

—¡Vaya una suerte que hemos tenido! ¡Mira que haber conseguido unas carretas tan buenas! — exclamó Julián —. Madre, ¿no sería mejor que preparásemos ahora el equipaje para poder salir por la mañana, ya que tenemos los remolques?

—No es necesario que hagáis el equipaje —contestó su madre —. Basta con que trasladéis vuestras cosas directamente a los armarios y cajones. No os hará falta más que algo de ropa, libros y unos cuantos juegos para los días de lluvia.

—No necesitamos ninguna ropa más que los pijamas, ¿no? — preguntó Jorge, quien, por su gusto, pasaría toda su vida en *shorts* y jersey de la mañana a la noche.

—De ninguna manera. Tenéis que llevaros un montón de jerseys, otros tantos *shorts* cada uno por si os mojáis, los impermeables, los trajes de baño y los albornoces, toallas, zapatos, pijamas y unas camisas limpias — contestó mamá. Todos refunfuñaron.

—¡Qué espanto! ¡Vaya un montón de cosas! — dijo Dick —. No habrá sitio para todo eso.

—Claro que lo habrá. Si os empeñáis en llevar poca ropa y algún día os mojáis, no tendréis con qué mudaros y cogeréis unos buenos catarros, que os impedirán disfrutar de una ocasión tan magnífica como ésta. Entonces sentiríais no haberme hecho caso.

—Bueno, de acuerdo, llevaremos lo que quieras — suspiró Dick —. Una vez que mamá se dispara hablando de los catarros, no se sabe por dónde terminará, ¿verdad, madre?

—Eres un caradura — repuso su madre sonriendo —. Bueno, id recogiendo vuestras cosas y yo os ayudaré a ponerlas en los cajones y armarios. ¿Verdad que da gusto lo bien aprovechadas que están las paredes de los remolques? Hay sitio para todo y, sin embargo, los armarios ni se notan.

—Yo cuidaré de que todo esté bien limpio — dijo Ana —. Ya sabes, mamá, que a mí me encanta jugar a ama de casa. Pero esta vez lo seré de verdad. Voy a tener dos casas a mi disposición para cuidarlas yo sola.

—¿Tú sola? — preguntó extrañada su madre —. Bueno, supongo que los chicos te echarán una mano de cuando en cuando, por no hablar de Jorge.

—¿Los chicos? ¡Bah! No saben ni lavar un plato como es debido, y a Jorge no le gustan las labores de casa. Si yo no hago las camas y lavo los cacharros, estoy segura de que se pasarán los días sin que nadie lo haga.

—Bueno, por lo menos hay una persona sensata entre vosotros — comentó su madre —. Pero, no te apures, ya verás como después todos te ayudan. Ahora vete a recoger tus cosas. Para empezar, trae los impermeables.

Resultaba divertido trasladar el equipaje a los carromatos y distribuirlo en los lugares adecuados. Había estanterías con cabida para unos cuantos libros y juegos, de modo que Julián colocó en ellos las cartas, la oca, el juego de los crucigramas, el dominó y otros pasatiempos, así como cuatro o cinco libros para cada uno. Trajo asimismo algunos mapas de la localidad, con objeto de poder decidir mejor adónde irían y cuáles serían las carreteras apropiadas. Su padre le había entregado un librito muy útil, una especie de guía en la que figuraban los nombres de las granjas que les permitirían acampar en sus terrenos por la noche.

—Siempre que sea posible, deberéis escoger un terreno donde haya un arroyo — les había dicho —, porque *Dobby* y *Trotón* necesitarán agua.

—Y acordaos de hervir hasta la última gota de agua que bebáis — añadió la madre —. No lo olvidéis, es muy importante. Comprad en las granjas toda la leche que podáis y recordad también que en la alacena lleváis mucha cerveza de jengibre.

—¡Qué emocionante! —exclamó Ana, atisbando para ver en qué alacena había puesto Julián las botellas de cerveza—. Me parece mentira que nos vayamos mañana.

Sin embargo era verdad. Al día siguiente colocarían sus arreos a *Dobby* y a *Trotón* y los engancharían a los remolques. «¡Qué nerviosos debían sentirse ellos también!», pensaba Ana.

Tim apenas lograba comprender aquella agitación, pero la compartía con entusiasmo. Su inquieta cola no cesaba de agitarse un momento. Examinó a su gusto los carromatos, de punto a cabo, hasta que encontró una alfombrilla cuyo olor le agradó y se tumbó encima. «Éste es mi rincón —parecía decir—. Si es que nos vamos en estas extrañas casas con ruedas, éste será mi rinconcillo.»

—Oye, Jorge, tú y yo nos quedaremos con el remolque rojo, ¿no? —dijo Ana—. Los chicos, que se acomoden en el verde. A ellos no les importa el color, pero a mí me encanta el rojo. ¿Verdad que va a ser estupendo dormir en estas literas? Parecen comodísimas.

Por fin llegó el día siguiente y apareció por el camino el lechero, en compañía de *Trotón*, el robusto potrillo negro. Julián trajo a *Dobby* del prado. Ambos caballos se oliscaron y *Dobby* soltó un vigoroso ¡Hiiiiii!, con caballar cortesía.

—Me da la sensación de que se van a llevar muy bien —exclamó Ana—. Mira cómo se besan. *Trotón*, tú llevarás mi remolque.

Los dos caballos aguardaron en calma a ser enjaezados. *Dobby* sacudió la cabeza una o dos veces, como si estuviese impaciente por arrancar, y pateó un poco.

—¡Ay, *Dobby*, a mí me pasa lo mismo que a ti! ¿Y a vosotros, chicos? —preguntó Ana.

—A mí también —respondió Dick, haciendo una mueca —. Acércate aquí, *Dobby*... Eso es... ¿Quién va a conducir, Julián? Por turno, ¿no?

—Yo llevaré nuestro remolque — decidió Jorge —. Ana sería un desastre para esto, aunque le permitiré que guíe un ratillo, de vez en cuando. Conducir es cosa de hombres.

—Bueno, pues tú no eres más que una chica, igual que yo — replicó Ana, indignada —. No eres ningún hombre, ni siquiera un chico.

Jorge se enfurruñó. Siempre deseó haber nacido varón e incluso pensaba sobre sí misma como si lo fuera. No le gustaba que le recordaran que sólo era una chica... Pero ni siquiera a Jorge le podía durar el enfado mucho tiempo en una mañana tan agitada como aquélla. Al poco rato, ya estaba brincando alrededor de los remolques, riéndose y gritando igual que los otros.

—¿Estamos listos? ¿Podemos ya salir? ¿Seguro?

—¡Sí! ¡Vamos!... ¡Julián!... Al muy idiota se le ocurre meterse en casa justo en el momento en que vamos a marchar.

—Ha ido a recoger los pasteles que nos ha preparado la cocinera esta mañana. Tenemos montones de comida en la despensa. Me entra hambre sólo de pensarlo.

—Aquí está Julián. ¡Vamos, pelma! ¡Adiós, madre!... Te mandaremos una tarjeta todos los días. ¡Prometido!

Julián trepó al pescante del carromato verde, hizo chascar la lengua entre los dientes y gritó:

—¡Arre, *Dobby*! ¡Ya nos vamos!... ¡Adiós, madre!

Dick se sentó a su lado gesticulando de alegría. El remolque inició el descenso por el sendero. Jorge tiró de las riendas de *Trotón* y el potrillo siguió a la carreta que iba delante. Ana, sentada junto a su prima, agitaba las manos, gozosa.

—¡Adiós, mamá! Por fin empezamos nuestra aventura. ¡Hurra!... ¡Hurra!... ¡Hurra!...

CAPÍTULO IV

¡ADELANTE!

Los remolques bajaban con lentitud por la amplia carretera. Julián se sentía tan feliz que cantaba a voz en cuello. Los demás coreaban los estribillos. *Tim* ladraba con todas sus fuerzas. Iba sentado a un lado de su ama, y, como Ana ocupaba el otro, se veía literalmente prensado. Sin embargo, una pequeñez así no podía molestarle en absoluto en un día tan radiante.

Dobby mantenía el paso con constancia, gozando del sol y de la brisilla que le agitaba las crines. *Trotón* le seguía a corta distancia. Se mostraba muy intrigado por la presencia de *Tim* y, siempre que oía ladrar al perro o le veía echar una carrera, volvía la cabeza para observarle. Era fantástico tener dos caballos y un perro por compañía.

Habían resuelto dirigirse a las colinas en las que esperaban hallar el circo. Julián había localizado el lugar en el mapa y estaba seguro de acertar el camino si se guiaba por el lago que se extendía al pie de las colinas.

—¿Lo veis? —había dicho a los otros señalando en el mapa—. Aquí está. Se llama el lago Merran. Os apuesto a que encontraremos a los del circo por allí cerca. Es un sitio excelente para los animales, con mucha agua y seguramente alguna granja donde aprovisionarse. Además, nadie les molestará.

—También nosotros tendremos que buscar esta noche una buena granja — dijo Dick — y pedir permiso para acampar. Es una suerte contar con ese librillo para saber en dónde nos lo concederán con facilidad.

Ana pensaba con delicia en el crepúsculo que se acercaba, cuando se detuviesen para acampar, hacer la cena, dormitar un rato junto a la hoguera y acostarse después en las literas. No sabría decir lo que le parecía más bonito, si vagar en los remolques por aquellas veredas a través del campo o preparar la acampada para la noche. Estaba segura de que aquéllas iban a ser las mejores vacaciones que habían pasado en su vida.

Tim se bajó del pescante para corretear entre los remolques. Ana se acercó un poco a Jorge su prima y le dijo:

—¿Te has fijado, Jorge, en que todas nuestras vacaciones han resultado muy agitadas? Siempre hemos tropezado con un montón de aventuras, muy emocionantes, es verdad, pero, por una vez, me gustaría pasar unas tranquilas, que fueran unas vacaciones corrientes, ¿no te parece?

—De ninguna manera. A mí me gustan las aventuras — replicó Jorge sacudiendo las riendas para obligar a *Trotón* a caminar más de prisa —. No me importaría en absoluto que nos saliera otra al paso... aunque, no te preocupes, Ana, no tendremos esa suerte.

A las doce y media hicieron un alto para comer, sintiéndose verdaderamente hambrientos. *Dobby* y *Trotón* se encaminaron a una zanja en la que crecía una hierba alta y jugosa, emprendiéndola con ella en el acto. Los niños se sentaron en un lugar soleado para comer y beber.

Ana miró a su prima.

—Oye, Jorge, tienes más pecas este verano que nunca.

—Ya sabes que eso no me importa — respondió ésta, a quien nunca preocupaba en lo más mínimo su apariencia e incluso se desesperaba porque le parecía que sus rizosos cabellos descubrían su condición femenina —. Pásame los bocadillos de tomate. ¡Qué bárbaros! Desde luego, como tengamos todos los días el mismo apetito, vamos a tener que comprar tocino, huevos, leche y mantequilla en todas las granjas que encontremos al paso.

Se pusieron de nuevo en camino. Le tocaba ahora a Dick el turno de llevar las riendas y Julián se apeó para estirar un rato las piernas. Jorge deseaba seguir conduciendo. Ana, en cambio, tenía demasiado sueño para continuar en el pescante sin peligro.

—Si se me cierran los ojos y me quedo dormida, me caeré del asiento. Creo que lo mejor será que me acueste.

Así lo hizo. El interior del remolque aparecía oscuro y fresco, ya que habían tenido la precaución de echar las cortinas a fin de mantenerlo agradable. Ana se encaramó a una de las literas y se acostó. Cerró los ojos y, gracias al suave bamboleo del carruaje, no tardó en quedarse dormida.

Julián entró, echó una ojeada y sonrió. *Tim* pretendió a su vez acercarse a mirar, pero Julián le impidió entrar a despertarla a lametones, como era su costumbre.

—Tú vente a dar un paseo conmigo. Te estás poniendo muy gordo. Un poco de ejercicio te sentará bien.

—¡No se está poniendo gordo! — rechazó Jorge, indignada —. Tiene un aspecto estupendo. No le hagas caso, *Tim*.

—¡Guau! —contestó éste, correteando tras Julián.

La expedición recorrió aquel día una buena distancia, pese a que avanzaba a escasa velocidad. Julián no se desvió ni una vez del recorrido trazado en el mapa. Cuando, a la puesta del sol, advirtió que no se veían siquiera las colinas hacia las que marchaban, Ana se sintió desilusionada.

—¡Pero, mujer, si están a kilómetros y kilómetros! ¡No seas tonta! — dijo Julián —. No llegaremos hasta dentro de tres o cuatro días, por lo menos. Ahora, chicos, a buscar una granja. Tiene que haber alguna por aquí cerca, donde podamos pedir permiso para acampar esta noche.

—Seguro que aquello es una granja — exclamó Jorge al cabo de unos minutos de observar el horizonte.

Señaló a un edificio de tejado rojo, que resplandecía al sol de la tarde. Había un pajar cubierto de musgo y unas cuantas gallinas escarbaban alrededor de él, bajo la mirada vigilante de dos perros.

—Sí, ésa es — asintió Julián, tras consultar el mapa —. La granja de Longman. El mapa señala un arroyo por aquí cerca... Sí, allí está... Mirad, en aquel prado. Si nos dieran permiso para acampar justamente ahí, sería estupendo.

Julián se encaminó en seguida a visitar al granjero y Ana marchó con él para pedir que les vendieran algunos huevos. El granjero no se encontraba allí, pero su mujer, encantada por el aspecto del alto y correcto muchacho, les concedió en el acto el permiso para pasar la noche en el prado situado junto al riachuelo.

—Estoy segura de que no pondréis aquello perdido con montones de basura y desperdicios, ni perseguiréis a los animales de la granja, ni me dejaréis abiertos los portones, como algunos mal educados han hecho. ¿Y usted qué desea, cocinerita, algunos huevos recién puestos? Sí, desde luego que te los daré, pequeña. Puedes coger también todas las ciruelas que haya maduras en ese árbol, para añadirlas a la cena.

Ya de regreso, y puesto que contaban con tocino entre sus provisiones, Ana dijo que lo freiría, junto con un huevo para cada uno. Sentíase muy orgullosa de saber guisar. Los días anteriores a la partida se había dedicado a ensayar con la cocinera y estaba ansiosa por demostrarles a los demás sus conocimientos.

Julián, asegurando que hacía demasiado calor para

guisar dentro de las viviendas, encendió una hermosa hoguera al aire libre. Entre tanto, Dick desenganchó los caballos, que se dirigieron al riachuelo, metiéndose en el agua fresca hasta las corvas y retozando llenos de alegría. *Trotón* restregaba el morro contra *Dobby*. Trató de hacer lo mismo con *Tim* cuando el perrazo se puso a beber a su lado.

—¿Verdad que el tocino huele estupendamente?— preguntó Ana a Jorge, que se ocupaba en sacar los platos y los vasos del remolque —. Vamos a beber un poco de cerveza de jengibre, ¿no te apetece? Yo estoy reseca. ¡Eh, vosotros!, mirad cómo casco los huevos en el borde de la taza para freírlos.

¡Crac! El huevo se partió contra el filo, pero su contenido cayó fuera del tazón, en lugar de hacerlo en el interior. Ana enrojeció ante las ruidosas carcajadas con que corearon su actuación. *Tim* acudió en seguida a lamer el desperdicio. En aquellas ocasiones resultaba muy útil.

—Eres un cubo de basura estupendo— lo alabó Ana —. Toma también esta piel de tocino.

Después de aquel primer incidente, Ana frió sin contratiempos todos los huevos y el tocino. Los demás, incluso Jorge, se mostraron asombrados ante su habilidad y se esmeraban en limpiar sus platos con migas de pan, a fin de que fuesen fáciles de fregar.

—Jorge, ¿crees que le gustaría a *Tim* que le friera sus galletas, en lugar de dárselas frías?— preguntó Ana —. Las cosas fritas saben mucho más ricas. Estoy segura de que *Tim* las preferiría así.

—¡Qué va! Bueno se pondría el pobre— contestó Jorge.

—¿Por qué? ¿Y tú qué sabes?

—Yo sé de sobra lo que le gusta a *Tim* y lo que no —atajó Jorge—. Los bollos fritos no le gustarían. Pásame las ciruelas, Dick. Tienen un aspecto soberbio.

Permanecieron en torno a la hoguera durante un largo rato, hasta que Julián decidió que ya era hora de acostarse. Ninguno intentó poner objeciones, dado que todos estaban deseando probar las confortables literas.

—¿Dónde nos lavamos, en el arroyo o en la pileta de los platos? —dudó Ana—. No sé qué será más divertido...

—El agua del arroyo es más barata, ¿no crees? Bueno, daos prisa, que quiero cerraros la puerta para que podáis dormir tranquilas.

—¿Cerrarnos la puerta? —saltó Jorge, indignada—. ¡No se te ocurra ni en broma! ¡A mí no me encierra nadie! A lo mejor me apetece dar un paseo a la luz de la luna, o algo por el estilo.

—Sí, pero puede pasar un vagabundo o alguien que... —empezó a decir Julián. Jorge le interrumpió, burlona.

—¿Y *Tim*, qué? Sabes perfectamente que no permitirá a nadie acercarse a los remolques. No quiero quedarme encerrada, ¿lo oyes? No lo soportaría. Además, *Tim* es mejor guardián que cualquier cerrojo.

—Sí, supongo que sí... Bueno, Jorge, no es necesario que te pongas tan furiosa. Dedícate a pasear a la luz de la luna, si te apetece, aunque estoy seguro de que esta noche no habrá luna. ¡Aaah! ¡Qué sueño tengo!

Tras haberse lavado en el arroyo, subieron a sus respectivos carricoches, se desnudaron y se metieron en las apetecibles literas. Cada una de ellas contaba con sus correspondientes sábanas, una manta y un cobertor. Sin embargo, los chiquillos apartaron estos últimos tapándose tan sólo con las sábanas.

Al principio, Ana trató de dormir en la cama de abajo, mas, como el perro no cesaba de intentar subirse a la de arriba para dormir a los pies de su ama, como tenía por costumbre, la chiquilla terminó por irritarse.

—¡Jorge, más vale que me cambies el sitio! *Tim* no

deja de pisotearme y dar saltos encima de mí, para subirse a tu cama. No me deja dormir.

Así, pues, cambiaron sus puestos. *Tim* no volvió a hacer más ruido, contentándose con echarse a los pies de Jorge, sobre la manta, mientras Ana descansaba en la litera superior, intentando no dormirse en seguida. La sensación era tan deliciosa de encontrarse en un remolque, junto a un arroyuelo, en pleno campo, que le daba pena no disfrutarla.

Los búhos se llamaban unos a otros en la oscuridad. *Tim* les gruñó sordamente. En medio del extraordinario silencio, se percibía con toda claridad el murmullo del riachuelo. Ana sintió que se le cerraban los ojos. ¡Qué pena! Se dormía sin remedio...

De pronto, algo la hizo despertar, sobresaltada. *Tim* comenzó a ladrar con tanta furia que ambas niñas, aterradas, estuvieron a punto de caer de las literas. Algo golpeaba con violencia el remolque, haciéndolo retemblar. ¿Pretendería alguien penetrar en su interior?

Tim saltó al suelo y corrió hacia la puerta, que las niñas habían dejado entornada a causa del calor. Entonces oyeron las voces de Dick y Julián.

—¿Qué pasa? ¿Estáis bien, niñas? Ya vamos.

Los dos muchachos se acercaban corriendo en pijama, sobre la hierba húmeda. Julián tropezó de pronto con algo tibio, duro y sólido. Dio un respingo. Dick encendió su linterna y, sin poderlo evitar, estalló en carcajadas.

—Te has lanzado contra *Dobby* de una manera que... Mira, mira con qué cara de susto te mira el pobre. Seguro que habrá estado rondando junto a los remolques y haciendo todos esos ruidos que hemos oído. ¡Niñas, no pasa nada, era *Dobby*!

Ya calmados, volvieron a dormirse hasta bien entrada la mañana, sin estremecerse siquiera cuando *Trotón* se acercó a los remolques, bufando suavemente.

CAPÍTULO V

HACIA EL LAGO MERRAN

Los tres o cuatro días siguientes transcurrieron para los chicos de un modo en absoluto perfecto.

Cielo azul, sol brillante, riachuelos donde chapotear y bañarse... y dos casas sobre ruedas que recorrían, chirriando, muchos kilómetros, por carreteras y caminos desconocidos por entero para ellos. ¿Qué más podían desear los niños?

Tim parecía disfrutar ampliamente. Al fin se había decidido a entablar una gran amistad con *Trotón*, el caballito negro. *Trotón* le buscaba de continuo para correr a su lado y le llamaba relinchando cuando sentía necesidad de su compañía. También se había hecho amigo del otro caballo y cuando ambos eran desenganchados de noche, los tres animales marchaban juntos al riachuelo de turno y se metían en el agua restregándose cariñosamente unos a otros.

—Éstas son las vacaciones más divertidas que hemos pasado jamás — comentaba Ana, mientras guisaba con aplicación algo en una olla —. Son emocionantes, pero sin peligros. Y aunque Julián se cree que es él quien nos cuida, soy yo en realidad la que cuida de todos. Si no fuera por mí, nunca tendríais las camas hechas, ni la comida a punto, ni los remolques limpios.

—¡Bueno, bueno, no presumas tanto! — replicó Jorge, que en su fuero interno se sentía culpable por permitir que Ana llevase a cabo todas las faenas.

—¡No estoy presumiendo! — contestó ésta, indignada —. ¡Es la pura verdad! Tú misma, Jorge, no has hecho tu cama ni una sola vez. Y no es que me queje, me encanta tener dos casitas para cuidar.

—Eres una ama de casa en pequeño, pero muy buena — la ensalzó Julián —. No sé qué haríamos sin ti.

Ana se ruborizó de satisfacción. Retiró del fuego la cazuela y repartió su contenido en los cuatro platos.

—¡Venid! — exclamó en el mismo tono en que su madre lo hubiera dicho —. Tomaos la comida antes de que se enfríe.

—Gracias. Yo prefiero tomarme lo mío cuando se enfríe — contestó su prima —. ¡Qué barbaridad! ¡Cualquiera diría que es de noche! Hace el mismo calor que a mediodía.

Llevaban ya cuatro días en la carretera. Ana había desistido de otear el horizonte en busca de las colinas donde esperaban hallar acampada a la gente del circo. En realidad, hacía votos en su interior por que no llegasen a encontrarlos, ya que se sentía completamente dichosa con su labor diaria en aquellos hermosos parajes.

Tim se acercó a lamer los platos. Los chiquillos le dejaban hacerlo porque habían descubierto que así les resultaba mucho más sencillo fregarlos. Ana y Jorge fueron a aclarar los cacharros a un oscuro regato, mientras Julián sacaba el mapa y él y Dick lo examinaban con atención.

—Estamos poco más o menos aquí — dijo Julián señalando —. Si estoy en lo cierto, supongo que mañana llegaremos a las colinas, junto al lago. Allí veremos el circo.

—¡Estupendo! — contestó Dick —. Espero que localicemos a Nobby. Seguro que le encantará enseñárnoslo todo. A lo mejor, incluso nos busca un buen lugar para acampar.

—¡Bah! Eso podemos hacerlo nosotros, sin ayuda de nadie — replicó Julián, que se preciaba de saber escoger los mejores lugares —. Además, será preferible que no nos acerquemos demasiado al circo. Me imagino que los animales lo harán bastante apestoso. Prefiero que nos instalemos un poco más arriba, en las colinas. En un sitio desde donde se disfrute de una buena vista.

—Como quieras — asintió Dick.

Julián dobló el mapa. En aquel momento, las dos niñas volvían con los cacharros limpios, que Ana colocó con gran cuidado en los estantes de su vivienda.

Trotón acudió a buscar a *Tim*, que permanecía echado, jadeante, bajo uno de los remolques. Al ver que el perro no se movía, *Trotón* intentó meterse también bajo el remolque y, al no conseguirlo a causa de su mayor tamaño, terminó por tumbarse a la sombra, lo más cerca de *Tim* que le fue posible.

—Desde luego, *Trotón* es un animal de lo más divertido. Yo creo que haría un buen papel en un circo. ¿No le viste ayer corriendo detrás de *Tim* como si estuviese jugando?

La palabra «circo» les hizo recordar a Nobby y a su gente y todos se pusieron a charlar con animación acerca de los animales que allí había.

—Lo que más me gustó fue el elefante — afirmó Jorge —. ¿Cómo se llamará? ¡Cuánto me gustaría tener un mono!

—Os apuesto a que el más listo es el chimpancé — dijo Dick —. A ver qué le parece a *Tim*. Espero que se lleve bien con todos los animales, sobre todo con los perros.

—Lo que no me gustaría sería tener que tratar al tío de Nobby — intervino Ana —. Parecía capaz de arrancarle a uno las orejas con sólo atreverse a replicarle.

—Bueno. Las mías no las tocará, os lo aseguro —contestó Julián—. Nosotros no nos meteremos en sus cosas. No me dio la impresión de ser un tipo muy agradable, es verdad, pero a lo mejor ya no se encuentra con ellos.

—¡*Tim*! Sal de ahí debajo —gritó Jorge—. Aquí también hace fresquito. ¡Ven!

El animal se acercó jadeando. *Trotón* se levantó en el acto y se acercó a él, se echó a su lado y lo acarició con el morro. *Tim* le correspondió con un lametón y se alejó con aspecto aburrido.

—¿Verdad que *Trotón* es muy gracioso? —exclamó Ana al ver la escena—. *Tim*, ¿te gustarán los animales del circo? ¿Alcanzaremos las colinas mañana, Julián? Aunque a mí, desde luego, os confieso que no me importaría un comino no encontrarlas. ¡Sería tan divertido seguir solos como hasta ahora!

Durante la jornada siguiente, mientras los caballos arrastraban ruidosamente los remolques por el sendero, los chicos oteaban en la distancia, buscando las colinas. Por la tarde, las divisaron al fin a lo lejos, grandes y azuladas.

—Allí están —exclamó Julián—. Aquéllas son las colinas de Merran. El lago Merran debe de estar al pie. Confío en que los caballos tengan fuerza suficiente para subir esas cuestas. Se debe de gozar de una vista maravillosa sobre el lago desde allí arriba.

Se iban acercando a las colinas. Eran bastante altas y aparecían magníficas a la luz de la tarde. Julián consultó su reloj.

—Me temo que hoy ya no nos queda tiempo para subir y encontrar un sitio a propósito para acampar. Mejor será que pasemos aquí esta noche y mañana por la mañana iniciaremos la ascensión.

—¡A sus órdenes, mi capitán! —repuso Dick—. Según el libro, hay una granja a unos cuatro kilómetros. Acamparemos allí.

Llegaron a la granja, construida junto a un ancho y rápido torrente. Julián, como de costumbre, fue a pedir permiso para acampar. Dick le acompañó, dejando al cuidado de las niñas la tarea de preparar la cena.

Las muchachos obtuvieron el permiso con facilidad y la hija del granjero, una rolliza y alegre muchacha, les vendió huevos, tocino, leche y mantequilla, junto con una orza de crema amarilla, ofreciéndoles también las frambuesas de su jardín para tomar con la crema.

—¡Caramba! Muchísimas gracias — dijo Julián —. Por favor, ¿podrías decirme si hay un circo acampado en aquellas colinas? Por allí, junto al lago.

—Sí. Pasaron hace una semana — contestó la muchacha —. Todos los años vienen por aquí para descansar. Yo siempre salgo a verlos cuando pasan. Resulta una diversión desacostumbrada en un lugar tan tranquilo como éste. Un año trajeron leones y, por la noche, los oía rugir desde mi cama. ¡Se me ponían los pelos de punta!

Los chicos se despidieron y se alejaron, entre burlones comentarios sobre la chica del granjero, a quien se le ponían «los pelos de punta» por oír a lo lejos un rugido.

—Me parece que mañana, si no se presentan contratiempos, estaremos en el campamento del circo — dijo Julián —. Creo que va a ser delicioso acampar en las colinas, ¿no te parece, Dick? Me imagino que allá arriba hará algo más de fresco. En las colinas siempre suele soplar la brisa.

—Confío en que el ruido de los animales del circo no nos ponga «los pelos de punta» por la noche — comentó Dick con una sonrisa —. ¡Se me ponen «los pelos de punta» del sol que hace!

A la mañana siguiente, los muchachos se pusieron de

nuevo en marcha, para efectuar, según esperaban, la última etapa del viaje. No cabía duda de que encontrarían un lugar maravilloso para acampar y se quedarían allí hasta que llegara el momento de regresar a casa.

Conforme a lo prometido, Julián se había acordado de enviar a sus padres una postal cada día, comunicándoles en dónde se hallaban y lo bien que lo estaban pasando. Se había enterado por la muchacha de la granja de la dirección del distrito y había resuelto ponerse de acuerdo con la oficina de correos más próxima para que les guardasen las cartas que fueran llegando. Como es natural, mientras anduvieron con el remolque de un lado a otro, no habían recibido ningún correo.

Dobby y *Trotón* ascendían con firmeza por el estrecho sendero que conducía a las colinas. De pronto, Jorge vislumbró un reflejo azul entre los árboles.

—¡Mirad! ¡Allí está el lago Merran! — gritó —. Obliga a *Dobby* a avanzar más de prisa. Me muero de ganas de llegar a una explanada y ver el lago.

El sendero desembocó muy pronto en un amplio camino de carro, que subía a través de un boscoso monte comunal. El montículo descendía en suave pendiente hasta el borde de un enorme lago, que lanzaba azules destellos bajo el sol de agosto.

—¡Madre mía! ¿Verdad que es magnífico? — exclamó Dick, deteniendo a *Dobby* de un tirón —. Vamos, vamos a bajar hasta la orilla, Julián. Acercaos, niñas.

—¡Es precioso! — contestó Ana, saltando del pescante —. Vamos a bañarnos en seguida.

—Sí, vamos — concedió Julián.

Se metieron corriendo en las viviendas, arrancándose literalmente los *shorts* y las camisas y poniéndose los bañadores. Luego, sin coger siquiera una toalla para secarse, se lanzaron a toda velocidad hacia la orilla, deseosos de zambullirse en las refrescantes aguas azules.

Al principio, en la orilla encontraron el agua casi tibia, pero más adentro, donde había más profundidad, tenía un frescor delicioso. Los cuatro chiquillos sabían nadar y retozaron vigorosamente, lanzando gritos de alegría. El fondo del lago era arenoso, por lo que el agua aparecía transparente como un cristal. Cuando se cansaban salían del agua para tumbarse en la arenosa orilla del lago. Tan pronto como se secaban al sol y volvían a sentir calor, se metían de nuevo, dando chillidos al notar el contacto del agua fría.

—¡Lo que nos vamos a divertir bajando todos los días a bañarnos! —dijo Dick—. *Tim*, hazme el favor de no subirte encima de mí cuando esté nadando de espaldas, ¿quieres? ¡Oye, Jorge! A *Tim* le gusta tanto el agua como a nosotros, ¿eh?

—*Trotón* también se quiere bañar —gritó Julián—. ¡Miradle, ha arrastrado el remolque hasta la orilla y lo va a meter en el agua como no logremos detenerle!

Decidieron hacer un alto junto al lago y soltar a los caballos para que se bañasen si querían. Sin embargo, todo lo que éstos deseaban era beber y meterse hasta las rodillas en el agua, agitando las colas para espantar las moscas que no cesaban de martirizarlos durante todo el día.

—¿Dónde estará el campamento del circo? —preguntó Jorge de repente, mientras se comía un *sandwich* de tomate y jamón—. No lo veo.

Los chiquillos recorrieron con la vista todo la orilla del lago, que se extendía más allá de donde alcanzaba la vista. Por fin, los penetrantes ojos de Jorge descubrieron una pequeña columna de humo que se elevaba en el aire, a una distancia de dos kilómetros bordeando el lago.

—Deben de haber acampado en aquella hondonada, al pie de las colinas —dijo—. Supongo que la carretera llevará hasta allí. Podemos seguir ese camino y subir las colinas por detrás.

—Sí — concedió Julián —. Tendremos tiempo de sobra para charlar un rato con Nobby y encontrar un buen sitio para acampar antes de que se nos eche la noche encima. Buscaremos también una granja donde podamos comprar comida. ¿Qué cara pondrá Nobby cuando nos vea llegar?

Limpiaron todo, engancharon de nuevo a los caballos y se dirigieron hacia el campamento del circo. ¡Y ahora un poco de emoción!

Capítulo VI

EL CIRCO Y NOBBY

No les llevó mucho tiempo avistar el circo. Como Jorge había dicho, estaba asentado en una tranquila hondonada, al pie de las colinas. Un lugar silencioso, alejado de las zonas habitadas, donde los animales del circo podían disfrutar de una libertad relativa y ejercitarse con toda tranquilidad.

Los carromatos habían sido colocados formando un amplio círculo y varias tiendas aparecían esparcidas sin guardar un orden determinado.

El inmenso elefante se hallaba atado con una maroma al tronco de un árbol. Los perros corrían por todas partes y una larga fila de cuidados caballos evolucionaba por un prado cercano.

—¡Allí están todos! —gritó Ana, llena de excitación, poniéndose en pie sobre el pescante para ver mejor—. ¡Huy! El chimpancé anda suelto, ¿no? ¡Ah, no! Lo tienen atado con una cuerda. ¿Es Nobby el que está con él?

—Sí, es él—dijo Julián—. ¡Qué suerte poder pasearse con un chimpancé vivo! Mirad, el chimpancé lleva pantalones de fútbol. Seguro que lo visten como a una persona cuando sale a la pista.

Los niños observaban todo con el mayor interés, mientras sus remolques se iban acercando al campamento. En aquella cálida tarde, apenas se veía a nadie por la explanada. Nobby seguía con el chimpancé y una o dos mujeres removían el contenido de sus cazuelas, colocadas sobre pequeñas fogatas. Pero esto era todo.

Los perros del circo armaron una gran algarabía al ver aproximarse los desconocidos carromatos. Algunos hombres salieron de sus tiendas y levantaron la vista hacia el sendero que conducía hasta la explanada. Señalaron a los chiquillos con evidentes muestras de asombro.

Nobby, con el chimpancé firmemente asido de la mano, salió del campamento para curiosear acerca de los insólitos expedicionarios. Julián lo llamó.

—¡Eh, Nobby! No pensarías vernos aparecer por aquí, ¿verdad?

El muchacho se quedó atónito al oírse llamar por su nombre. Al principio no recordaba en absoluto a los chiquillos. De pronto, dejó escapar una excitada exclamación.

—¡Por todos los rayos! Sois los chicos que encontré el otro día en la carretera, ¿no? Pero, ¿qué hacéis aquí?

Tim dejó escapar un gruñido amenazador y Jorge, sujetándolo, preguntó a Nobby:

—¿Crees que se harán amigos aunque mi perro nunca haya visto un chimpancé?...

—No sé —respondió el muchacho, perplejo—. El viejo *Pongo* hace buenas migas con los perros del circo. De todos modos, no dejéis que vuestro perro se le acerque, o se lo comerá vivo. Ya sabéis la fuerza que tienen estos bichos.

—¿Crees que podría yo hacerme amiga de *Pongo*? Si me diera la mano o algo así, *Tim* se daría cuenta de que no intenta hacernos daño y no habría complicaciones. ¿Querrá *Pongo* ser amigo mío?

—¡Claro! Es el chimpancé más salado que hay bajo las estrellas, ¿verdad, *Pongo*? Anda, dale la mano a la señorita.

Ana no se sentía muy decidida a acercarse al animal,

pero su prima desconocía el miedo. Se adelantó hacia la enorme bestia y extendió la mano. El chimpancé la tomó en el acto, se la llevó a la boca e hizo como si la mordiscara, sin cesar de emitir sonidos amistosos.

Jorge se reía.

—¡Qué simpático! *Tim, ¿ves?* Éste es *Pongo*, un buen amigo — dijo, al tiempo que le daba unas palmaditas en el hombro, para demostrar al perro sus simpatías por el chimpancé. Éste correspondió en seguida imitando sus movimientos, haciendo amigables muecas. A continuación, le acarició la cabeza y le tiró de uno de sus bucles. *Tim* agitó la cola débilmente. Parecía perplejo. ¿Quién sería aquella extraña criatura a quien su ama parecía querer tanto? Con cautela avanzó un paso hacia él.

—Vamos, *Tim*, saluda a *Pongo* — ordenó Jorge —. Así, ¿ves? — y volvió a estrechar la mano del chimpancé. Pero esta vez el animal no la soltaba, sino que comenzó a sacudir su mano arriba y abajo, como si estuviese manejando la bomba de un pozo.

—¡No me suelta! — exclamó Jorge.

—¡*Pongo*, pórtate bien! — dijo Nobby con voz agria.

Al momento, el animal dejó en libertad la mano de Jorge y se cubrió la cara con su peludo brazo, como si se sintiese avergonzado. Sin embargo, los chicos se dieron cuenta de que por entre sus dedos asomaban sus maliciosos ojillos, llenos de animación.

—Es todo un mono — comentó Jorge riendo.

—No confundas, hombre. ¡Es todo un chimpancé! —replicó Nobby —. Mira, ya viene *Tim* a hacer las paces. ¡Por todos los diablos, se dan la mano!

En efecto, *Tim*, una vez convencido de que *Pongo* era un amigo, recordó sus buenos modales y levantó la pata derecha, como le habían enseñado. El chimpancé se la estrechó con fuerza. Después dio la vuelta alrededor del perro y repitió el saludo, estrechándole también la cola.

Ante comportamiento tan insólito, el pobre *Tim* no supo cómo responder.

Los chiquillos se retorcían de risa. Por último, *Tim* se sentó sobre su cola, protegiéndola. Mas en el acto se levantó agitándola, al ver acercarse corriendo a *Ladridos* y *Gruñón*. Pronto, sin embargo, se recordaron mutuamente.

—Bueno, todo marcha bien. Ya se han hecho amigos — comentó Nobby, complacido —. Ahora ellos le presentarán al resto de perros y no habrá jaleos. ¡Eh, tú, cuidado con *Pongo*! — El chimpancé se había escurrido detrás de Julián y estaba deslizando la mano en el bolsillo del muchacho. Nobby se acercó y le pegó en ella con fuerza.

—¡Malo! ¡Travieso! ¡Ratero!

Los chicos volvieron a reírse cuando, de nuevo, el chimpancé ocultó su rostro, mostrándose avergonzado.

—Tendréis que tener cuidado cuando *Pongo* os ande rondando. Le encanta birlarle las cosas de los bolsillos a la gente. Oye, dime, ¿son vuestras esas carretas? ¡Vaya elegancia!

—Nos las han prestado — respondió Dick —. La verdad es que cuando os vimos pasar con todas esas carretas tan alegres se nos ocurrió que nos encantaría marcharnos también a descansar, como vosotros. Por eso las pedimos.

—Y como nos habías dicho adónde pensabais acampar — prosiguió Julián —, os seguimos, pensando que no te importaría enseñarnos todo esto. ¿Te molesta?

—¡Quiá! Me encanta — respondió Nobby, entusiasmado —. Uno no se encuentra todos los días con gente que quiera tener tratos con un chico de circo como yo, es decir, gente fina, como vosotros. Me hará mucha ilusión enseñaros todo esto y podéis haceros amigos de todos los monos, perros y caballos de aquí.

—¡Oh! ¡Gracias! — exclamaron todos a la vez.

—Eso es hablar de verdad — dijo Dick —. ¡Corcho! Mirad al chimpancé. Quiere estrecharle la cola a *Tim,* como antes. En la pista debe ser divertidísimo, ¿verdad, Nobby?

—Es la monda — repuso éste —. Cuando sale, se hunde el circo de risa. Tendríais que verle actuar con tío Dan, que es el payaso principal, ¿sabéis? *Pongo* es tan buen *clown* como mi tío. Hay que ver actuar a estos dos chalados juntos. ¡Como para revolcarse!

—Me gustaría verlos — dijo Ana —, quiero decir actuando en la pista. ¿Le molestará a tu tío que nos enseñes los animales y todo lo demás?

—¿Por qué? Bueno, de todos modos no se lo preguntaremos. Pero, por favor, procurad estar muy amables con él. Es peor que un tigre cuando coge una rabieta. Aquí le llaman el «Tigre Dan», por esos ataques de furia que le entran.

A Ana cada vez le gustaba menos el aspecto que tomaban las cosas. ¡«Tigre Dan»!... Sonaba a crueldad y fiereza.

—Supongo que no andará por aquí ahora — dijo nerviosa, mirando a su alrededor.

—No, se ha ido no sé adónde — contestó Nobby —. Es un tipo solitario. No tiene más amigos en el circo que Lou, el acróbata, aquel que está allí.

Señaló a un individuo de largos miembros, desmadejado, con un rostro desagradable y una mata de aceitoso pelo negro, que se ensortijaba en apretados rizos. Se hallaba sentado en la escalerilla de una carreta fumando en pipa y leyendo un periódico. Los chiquillos pensaron que él y «Tigre Dan» debían formar una extraña pareja. Mal encarados, agrios e insociables los dos. Interiormente todos ellos se prometieron tener el menor trato posible con el acróbata y el payaso.

—¿Es buen acróbata? — preguntó Ana en voz muy

baja, aunque Lou estaba tan lejos que no podía oírles.

—¡Bárbaro! ¡De primera! —contestó Nobby en tono admirativo—. Puede trepar por cualquier cosa, y a cualquier sitio. Podría subirse a aquel árbol con tanta facilidad como un mono. Yo le he visto escalar un edificio altísimo, subiendo por una tubería. ¡Parecía un gato! Es una maravilla. También deberías verlo en la cuerda floja. ¡Hasta baila encima!

Los niños lo observaron con una mezcla de admiración, temor y reverencia. Él, sintiendo pesar sobre sí sus miradas, levantó la vista y les dirigió una torva ojeada.

«¡Vaya! —pensó Julián—. Puede que sea el mejor acróbata del mundo, pero resulta un tipo repulsivo. Entre él y "Tigre Dan" no sé con cuál me quedaría.»

Lou se levantó desperezando su cuerpo, como un felino. Sus movimientos parecían suaves y ágiles. Se deslizó junto a Nobby, todavía con el ceño fruncido y una agria expresión en el rostro.

—¿Quiénes son estos críos? —preguntó—. ¿Qué hacen aquí, ensuciándolo todo?

—Nosotros no ensuciamos nada —protestó Julián en tono cortés—. Vinimos a visitar a Nobby. Lo conocíamos ya de antes.

Lou lo miró con repugnancia, como si fuese algo que oliese a podrido.

—¿Son vuestras esas carretas? —preguntó, señalándolas con la cabeza.

—Sí.

—Sois gente importante, ¿no? —dijo desdeñoso.

—Pues no mucho —respondió Julián manteniendo a duras penas su cortesía.

—¿Hay mayores con vosotros?

—No, yo cuido de todo —replicó Julián—. Y también este perro, que ataca a quien no le agrada.

A *Tim*, con toda claridad, le desagradaba Lou. Permanecía junto a él sin cesar de gruñir. Lou levantó el pie en dirección al animal. Jorge alcanzó a sujetar a éste en el momento preciso.

—¡Quieto, *Tim*, quieto! — gritó. Luego se volvió a Lou con los ojos centelleantes —. ¡No se atreva a pegar a mi perro! —le chilló —. Si lo hace, le tirará por el suelo. Apártese pronto o se le echará encima.

Lou escupió con desprecio y giró sobre sus talones para irse.

—¡Largaos! — dijo —. No queremos críos aquí pegados. ¡Ah! Y que conste que no me asusta ningún perro. Yo tengo mis sistemas para tratar a los malos bichos.

—¿Qué quiere usted decir? — le gritó Jorge, temblando aún de rabia.

Pero Lou no se dignó contestar. Subió las escalerillas de su carreta y cerró con un fuerte portazo.

Tim ladraba furioso, pugnando por arrancarse el collar que su ama sujetaba con fuerza.

—Ya lo habéis estropeado — comentó Nobby con voz lúgubre —. Si Lou os coge otra vez por aquí, os dará de coces. ¡Menudo es! Y tened mucho cuidado con el perro o desaparecerá.

Jorge estaba alarmada y furiosa.

—¿Que desaparecerá? Pero, ¿qué dices? Si piensas que mi *Tim* va a dejarse raptar, te equivocas.

—Bueno, bueno, sólo os estoy advirtiendo, no hace falta que te pongas así conmigo — protestó Nobby —. ¡Por todos los rayos! El chimpancé se ha metido en una de vuestras carretas.

La reciente escena fue olvidada al instante y todos se abalanzaron hacia el remolque verde. *Pongo* se encontraba en su interior, sirviéndose con liberalidad de una caja de dulces. En cuanto vio a los niños, empezó a gemir y se cubrió el rostro con las manos, aunque sin dejar de chupetear los dulces con glotonería.

—¡*Pongo*, eres un bandido! Ven aquí. Voy a tener que darte con el látigo — dijo Nobby.

—¡Oh, no! ¡Por favor! — rogó Ana —. Es un pillo, pero muy simpático. Además tenemos dulces de sobra. Coge tú también, Nobby.

—Bueno, gracias — contestó éste aceptando la invitación y haciendo una mueca —. Es estupendo tener amigos como vosotros, ¿verdad, *Pongo*?

Capítulo VII

UNA VISITA NOCTURNA

A ninguno le había quedado gana de explorar el circo en aquellos momentos, tras la desagradable escena sostenida con Lou. Así, pues, en lugar de esto, enseñaron sus dos remolques al asombrado Nobby. El muchacho no había visto jamás tales comodidades.

—¡Por todos los rayos! Parecen palacios — repetía —. Pero, ¿es verdad que sale agua de esos grifos? ¿Me dejáis abrirlos? En mi vida he tocado un grifo.

Los abrió y cerró una docena de veces, lanzando exclamaciones de asombro al ver correr el agua. Palpó las colchonetas para comprobar su blandura, admiró la suavidad de las alegres alfombrillas y la brillante cacharrería. Desde luego, se comportaba como un invitado encantador y a los niños les agradaba cada vez más. Pronto se encariñaron con *Ladridos* y *Gruñón,* ya que ambos eran obedientes, alegres y bien adiestrados.

Pongo, como es lógico, también quiso abrir y cerrar los grifos. Deshizo las camas para curiosear lo que había debajo. Luego cogió la tetera y, aplicando sus gruesos labios al pitorro, se bebió toda el agua del modo más ruidoso posible.

—Pero, ¿qué modales son ésos, *Pongo?* — preguntó Nobby aterrado, arrebatándole la tetera.

Ana se mostraba entusiasmada. La encantaba el chimpancé, quien, a su vez, parecía haberle tomado un gran cariño. La seguía a todas partes y le rascaba con suavidad la cabeza, emitiendo toda clase de gruñidos cariñosos.

—Nobby, ¿te gustaría quedarte a tomar el té con nosotros? — preguntó Julián, consultando su reloj —. Ya es casi la hora.

—¡Recórcholis!... Nosotros no solemos tomarlo — contestó éste —. Sí, me gustaría mucho. ¿No os molestaré si me quedo? No soy muy... educado... y estoy un poco sucio, pero... sois tan amables...

—Nos encantará que te quedes — concluyó Ana con entusiasmo —. Cortaré pan, y lo untaré con mantequilla y haremos *sandwichs*. Nobby, ¿te gustan los *sandwichs* de carne asada?

—¡Caramba! A cualquiera no — contestó el muchacho —. A *Pongo* le chiflan. No dejes que se te acerque o se zampará la ración de todos.

Fue una reunión agradable y divertida. Se sentaron afuera, entre los matorrales, a la sombra de los remolques. *Gruñón* y *Ladridos* se colocaron junto a *Tim*. *Pongo*, al lado de Ana, recibía de ésta pedacitos de *sandwich*, que cogía con toda delicadeza. Nobby disfrutó como nadie, comiendo más que todos los demás juntos y hablando sin parar con la boca llena.

Hizo reír a los chiquillos imitando algunos de los chistes de su tío Dan y dando volteretas alrededor de los carromatos, mientras esperaba a que Ana preparase más provisiones. Se puso en equilibrio apoyando la cabeza en el suelo y en aquella posición se comió un *sandwich* con toda solemnidad, ante el asombro de *Tim*, que daba vueltas y más vueltas oliscándole el rostro, como si dijese: «¡Qué raro! No tiene patas! Algo funciona mal aquí.»

Al cabo de un rato se sintieron incapaces de pasar un bocado más. Nobby se levantó para marcharse, preguntándose, de pronto, si no habría permanecido allí demasiado tiempo.

—Lo estaba pasando tan bárbaro que se me olvidó la hora —expresó con súbita cortedad—. Seguro que me he quedado demasiado rato. Y sois tan educados que no me habéis dicho que me largara. ¡Recórcholis! ¡Vaya una merienda! Un montón de gracias, señorita, por todos esos bocadillos tan riquísimos. Ya sé que se me nota que no soy tan educado como vosotros, pero os agradezco de verdad este rato tan bueno.

—Pues claro que eres educado —rechazó Ana, cariñosa—. Has sido un invitado magnífico. Vuelve otro día, ¿eh?

—Bueno, gracias. Pues, claro, ¡volveré! —repuso el muchacho, olvidando su reciente timidez y radiante de alegría—. ¿Dónde está *Pongo*? ¡El muy...! ¿Pues no ha cogido uno de vuestros pañuelos y se está sonando?

Ana emitió un chillido y luego se echó a reír.

—Bueno, que se lo guarde. Ya está viejo.

—¿Os quedaréis aquí mucho tiempo? —preguntó Nobby.

—Pues aquí exactamente, no— le contestó Julián—. Hemos pensado subir un poco más por la colina. Arriba hará más fresco. Sin embargo, podríamos pasar aquí esta noche. Habíamos decidido iniciar la ascensión esta tarde, pero lo mismo podemos hacerlo mañana por la mañana. Así, a lo mejor, mañana podríamos visitar vuestro campamento.

—No, tendremos que esperar a que no esté Lou —dijo Nobby—. Cuando le ha dicho una vez a alguien que se largue, no acostumbra andarse con bromas. Pero si sale, no habrá pegas. Yo vendré a buscaros.

—Muy bien —contestó Julián—. No es que tenga miedo de Lou ni de nadie, pero no quiero ponerte a ti en ningún compromiso, ¿comprendes? Si mañana por la mañana no podemos visitar vuestro campamento, seguiremos viaje hacia las colinas. De cualquier modo, siempre cabe la posibilidad de que nos hagas señales cuando Lou se vaya. Así podremos bajar a cualquier hora. Y tú, siempre que quieras, sube a vernos.

—Y tráete a *Pongo* — añadió Ana.

—¡Seguro! — repuso Nobby —. Hasta luego.

Se marchó con los perrillos pegados a los talones y llevando a *Pongo* asido con fuerza por la mano. El animal no quería irse en modo alguno y tiraba hacia atrás como un chiquillo travieso.

—Me gustan Nobby y *Pongo* — comentó Ana —. ¿Qué diría mamá si supiese que hemos hecho amistad con un chimpancé? Seguro que le daba un ataque.

El rostro de Julián se ensombreció por un momento. Le asaltaban ciertas dudas acerca de si habría hecho bien en seguir los pasos de aquel circo, permitiendo a Ana y a los otros entablar relación con personas tan extrañas y animales más extraños todavía. ¡Pero Nobby era tan agradable! Estaba seguro de que a su madre le habría gustado. Además, procurarían mantenerse apartados de «Tigre Dan» y Lou.

—¿Tendremos bastante comida para cenar ahora y desayunarnos mañana? — preguntó a Ana —. Porque me da la sensación de que por aquí no hay ninguna granja. Nobby me dijo que hay una por ahí arriba, donde ellos compran algunas cosas, cuando no lo hacen en el pueblo. Por lo visto, todos los días se encarga alguien de ir al mercado.

—Iré a ver lo que queda en la despensa, Julián — replicó su hermana levantándose. Sabía muy bien lo que quedaba en la despensa, pero el hecho de ir a comprobarlo le hacía sentirse mayor e importante. Le resultaba muy agradable aquel pensamiento, ya que, muy a menudo, al lado de los demás, se sentía insignificante y boba.

—Tengo huevos, tomates, carne asada, mucho pan, el

bollo que compramos hoy y una libra de mantequilla — les dijo en voz alta.

—Entonces, es bastante. No tenemos por qué molestarnos en ir hoy a la granja.

Al caer la noche, y por primera vez desde su partida, el cielo se había cubierto de nubes. La luna quedaba oculta por ellas y no se veía ni una estrella. La noche era tan negra como la brea y Julián, al asomarse a la ventana antes de subir a su litera, no alcanzó a ver ni aun la tenue claridad de las aguas del lago. Se metió en la cama y se cubrió con la ropa hasta las orejas.

En el otro remolque, las dos niñas estaban ya dormidas. *Tim*, como de costumbre, reposaba sobre los pies de Jorge. Ésta lo había rechazado un par de veces, hasta que la invadió el sueño. Después, el animal, ya sin impedimento, se había tumbado pesadamente sobre los tobillos de la niña, apoyando la cabeza entre las patas. De repente, enderezó las orejas, levantó la cabeza con precaución y emitió un leve gruñido. Había oído algo anormal. Se sentó muy rígido, escuchando. Distinguió pisadas, procedentes de dos direcciones distintas, luego algunas voces, voces confusas, disimuladas. El animal gruñó de nuevo, esta vez más fuerte. Jorge se despertó y lo agarró por el collar.

—¿Qué pasa? — musitó. Al ver la actitud de *Tim*, prestó atención y percibió también las voces. En silencio, se deslizó de la litera y se asomó a la entornada puerta del remolque. La oscuridad era tan intensa que no logró distinguir nada.

—No hagas ruido, *Tim* — susurró.

El perro comprendió la orden y no volvió a gruñir, pero, bajo la mano de su ama, se erizaron todos los pelos de su lomo.

Los sonidos no parecían proceder de muy lejos. Dos personas debían de encontrarse hablando allí al lado, pensó Jorge. Oyó el rascar de una cerilla y, a su luz, vio a dos hombres que encendían al mismo tiempo un cigarrillo. Los reconoció al instante: eran tío Dan y Lou, el acróbata.

¿Qué estarían haciendo allí? ¿Sería aquél su punto de reunión o habrían ido a robar algo de los remolques? Jorge deseaba avisar a Dick y a Julián, mas no se determinaba a salir del carromato, por temor a que los intrusos la descubriesen.

Al principio no alcanzaba a entender nada de la conversación de los dos hombres. Estaban discutiendo algo con mucho apasionamiento. Al fin, uno de ellos levantó la voz:

—Bueno, entonces de acuerdo.

Volvieron a oírse los pasos, que esta vez se acercaban al carromato. Los hombres se toparon con él. Lanzando una exclamación de sorpresa y dolor, comenzaron a palpar la pared, tratando de descubrir contra qué clase de obstáculo habían tropezado.

—¡Ah! ¡Los carromatos de esos señoritingos! — oyó Jorge que decía Lou—. ¡Todavía están aquí! Y eso que ya les ordené a esos mocosos que se largaran.

—¿Qué mocosos? — preguntó tío Dan, sorprendido.

Evidentemente había regresado ya de noche y no se había enterado de la llegada de los muchachos.

—Unos críos que conoce Nobby — repuso Lou en tono agrio.

Empezó a golpear con fuerza la pared de la vivienda. Ana despertó sobresaltada. Jorge, sobrecogida, no pudo evitar dar un brinco pese a hallarse prevenida. *Tim* rompió a ladrar furiosamente, obligando a Dick y Julián a salir de su sueño. El mayor de los chicos encendió su linterna y se asomó a la puerta. Su luz iluminó a los dos hombres que estaban al pie del carromato de las niñas.

—¿Qué hacen ustedes aquí a estas horas? — pregun-

tó Julián —. ¿A qué clase de oficio se dedican? ¡Váyanse!

Sus palabras, sin embargo, resultaron las menos oportunas que podían haber sido dirigidas a dos hombres tan iracundos y mal encarados como Lou y «Tigre Dan», quienes, por otra parte, parecían tener el pleno convencimiento de que todo el territorio cercano les pertenecía al circo y a ellos.

—¿Con quién te crees que estás hablando? — gritó furioso Dan —. ¡Vosotros sois los que tenéis que largaros! ¿Comprendido?

—¿No os dije esta tarde que ahuecarais el ala? — chilló Lou fuera de sí —. ¡Haced lo que os digo, bribones, o suelto a mis perros tras de vosotros!

Ana empezó a llorar, mientras Jorge temblaba de rabia y *Tim* gruñía sin cesar. Entre tanto, Julián habló con calma, aunque con expresión resuelta.

—Nos iremos por la mañana, como ya le dijimos. Si lo que usted sugiere es que nos vayamos ahora mismo, más vale que lo piense dos veces. Este terreno no les pertenece y tenemos el mismo derecho que ustedes a acampar en él. Y ahora váyanse y no nos molesten más.

—¡Esta correa te enseñará a no ser tan gallito! — dijo Lou, empezando a desabrocharse el cinturón de cuero que sujetaba sus pantalones.

Jorge soltó el collar del perro.

—¡A por ellos, *Tim*! — le azuzó —. No los muerdas, pero dales una pequeña lección.

Tim saltó al suelo y, con un alegre ladrido, se abalanzó sobre los dos hombres. Sabía lo que su ama deseaba de él y, aunque ansiaba hincarles el diente a aquellos bandidos, se contuvo. Sin embargo, lo fingió de tal modo y con tan fieros ladridos que los hombres retrocedieron francamente aterrados. Lou trató de propinarle una patada, pero el perro, no acostumbrado a soportar seme-

jante trato, se lanzó sobre él y le rasgó el pantalón desde la rodilla al borde.

—¡Aléjate, Lou! —gritó Dan—. Ese perro está rabioso. ¡Ten cuidado o te saltará al cuello! ¡Llamadlo, chicos, ya nos vamos! Acordaos de salir de aquí mañana
por la mañana o ya veréis lo que es bueno. Ya nos las
pagaréis.

Viendo que los dos hombres aparentaban verdadera
intención de marchar, Jorge llamó al perro de un silbido.

—¡*Tim, Tim*, ven aquí! Quédate de guardia hasta que
se hayan ido de verdad. Y si vuelven, ¡atácalos!

Mas los dos hombres desaparecieron en seguida. Por
nada del mundo volverían a enfrentarse con aquella fiera,
cuando menos por el momento.

CapÍtulo VIII

SOBRE LAS COLINAS

Los cuatro niños se sentían turbados y confusos por el comportamiento de aquellos dos hombres.

Jorge les relató entonces como *Tim* la había despertado, gruñendo, y como había oído hablar a los hombres en voz baja.

—Yo, la verdad, no creo que viniesen a robar nada — dijo —. Me imagino que se habrían citado en este lugar para tratar de algo secreto, porque no sabían que nuestras carretas se encontraban aquí. La prueba está en que tropezaron con la nuestra.

—Son unos salvajes furibundos — contestó Julián —. Y no me importa que protestes, Jorge. Voy a cerrar con llave la puerta de vuestro remolque. Ya sé, ya sé que *Tim* se queda con vosotras, pero no puedo correr el riesgo de que vuelvan esos hombres, esté o no esté *Tim*.

Ana parecía todavía tan aterrada que Jorge consintió en que Julián las encerrase, dejando al perro en el interior. Los muchachos se marcharon a su vivienda. Julián la cerró también desde dentro, afirmando:

—Estoy deseando alejarnos de aquí y vernos en las colinas. No tendré un momento de tranquilidad mientras permanezcamos tan cerca del circo. Allá arriba estaremos seguros.

—Lo primero que haremos después de desayunarnos será marcharnos — asintió Dick, acomodándose de nuevo en su litera —. ¡Madre mía! Si no llega a ser por *Tim*, esos dos tipos te hubieran cogido.

—Ya lo creo. Y no hubiese podido hacer gran cosa contra ellos. Los dos parecen fuertes y son bastante corpulentos.

A la mañana siguiente, los cuatro se levantaron temprano. Ninguno tenía ganas de detenerse, remoloneando en la cama o dormitando. Estaban deseando partir antes de recibir una segunda visita de Lou y Dan.

—Vosotras, niñas, preparad el desayuno, mientras Dick y yo enganchamos los caballos — dijo Julián —. Así estaremos listos para salir inmediatamente después del desayuno.

Una vez terminado el desayuno y recogidos los utensilios, montaron en los pescantes. Estaban a punto de arrancar cuando vieron que Lou y Dan se acercaban por el sendero.

—¡Ah! Ya os vais, ¿no? — preguntó Dan, haciendo una desagradable mueca —. Muy bien, muy bien. Da gusto ver a unos críos tan obedientes. ¿Adónde os dirigís?

—A las colinas — contestó Julián —. Además, eso no le interesa.

—¿Por qué no vais rodeando la falda de la colina en vez de ir por arriba? — intervino Lou —. Es un mal sistema subir así, con los carros tirando todo el tiempo para atrás de los caballos.

Julián estuvo a punto de decir que su intención no se limitaba a subir derecho a la cima de la colina para cruzar al otro lado. Se contuvo. No, mejor sería que aquellos tipos no supiesen que habían decidido acampar arriba. Así no podrían ir a molestarlos otra vez.

—Seguimos el camino que nos parece oportuno — contestó a Lou con brusquedad —, y éste es colina arriba. Hagan el favor de apartarse.

Arreó a *Dobby*. Los hombres se vieron forzados a saltar a toda prisa hacia un lado para dejarlos pasar, dirigiéndoles una furiosa mirada. De pronto se oyeron los pasos de alguien que se acercaba corriendo y apareció Nobby, con *Gruñón* y *Ladridos* pegados a sus talones, como era habitual.

—¡Eh! ¿Por qué os vais tan pronto? —les gritó—. Dejadme ir con vosotros un rato.

—No, tú te quedas —respondió su tío, propinándole un inexplicable bofetón—. Les mandé a esos críos que se largaran y ya lo están haciendo. No quiero extraños pegajosos en este campamento. Y mucho ojo con hacer amistades de esa clase, ¿comprendido? Ocúpate de entrenar a tus perros o te daré un tirón de orejas que te hará ver las estrellas.

Nobby lo miró entre furioso y asustado. Conocía demasiado bien a su tío como para osar desobedecerle. Giró sobre sus talones, malhumorado, y se dirigió mohíno hacia el campamento. Por el camino, las carretas lo alcanzaron. Julián lo llamó en voz baja.

—¡Eh, Nobby! ¡Ánimo, chico! Te esperaremos en las colinas, pero no se lo digas a Lou ni a tu tío. Más vale que piensen que nos hemos ido para siempre. Tráete a *Pongo* alguna vez.

Nobby habló entre dientes, asintiendo con un guiño.

—Tenéis razón. Alguna vez llevaré también a los perros, pero hoy no puedo. En cuanto salgan del campamento esos dos, yo os avisaré para que bajéis a verlo. ¿Queda claro?

—¡Estupendo! —respondió Julián pasando de largo.

Ni Lou ni Dan habían oído una palabra de aquella conversación, ni podían tan siquiera imaginar que se estuviera celebrando ante sus propias narices, pues Nobby había tenido buen cuidado de seguir andando como si tal cosa, sin volver ni aun el rostro hacia sus amigos.

La carretera hacía una curva antes de adentrarse en

la colina. Al principio no era muy pendiente, pues zigzagueaba a través de la falda del montículo. A la mitad de su ascensión, las carretas cruzaron un puente de piedra bajo el cual fluía un torrente muy rápido.

—¡Huy! ¡Vaya una velocidad que lleva ese río! —comentó Jorge contemplando cómo se deslizaba por la pendiente entre murmullos y gorgoteos—. Mirad, ¡es allí de donde sale!

Señalaba con el dedo a un punto situado un poco más arriba, en la ladera, de donde parecía brotar, realmente, el riachuelo.

—Sin embargo, una corriente tan rápida y tan caudalosa como ésta no puede nacer ahí de pronto —contestó Julián, deteniendo a *Dobby* al otro lado del río—. Vamos a verlo. Tengo mucha sed y un manantial aquí, en plena montaña, tiene que estar fresco y limpio. Lo mejor para un sediento, ¿no os parece? Vamos a comprobarlo.

Pero no había manantial. La corriente no «nacía» allí, sino que brotaba de un agujero del suelo con la misma fuerza y rapidez con que pasaba por debajo del puente. Los chiquillos se agacharon, tratando de mirar hacia el interior de dicho agujero.

—Sale de dentro de la colina —dijo Ana, sorprendida—. Me lo imagino dando vueltas y vueltas por esa oscuridad. Debe de sentirse contento de haber encontrado una salida.

No se decidieron a beber, pues no era el manantial fresco y limpio que habían esperado encontrar. Avanzando un poco más encontraron un auténtico manantial, que surgía de debajo de una piedra, con un agua tan fría y transparente como el cristal. Bebieron allí, jurándose que aquél había sido el mejor trago que recordaban en su vida. Dick siguió el curso de la pequeña corriente y descubrió que desaguaba en el rápido arroyo que acababan de dejar atrás.

—Supongo que desembocará en el lago — dijo —. Bueno, será mejor que sigamos y busquemos una granja, Julián. Estoy seguro de que he oído el quiquiriquí de un gallo, de manera que tiene que haber alguna cerca.

Rodearon un desnivel de la colina y ante sus ojos hizo su aparición la granja: una desordenada colección ˙de viejos edificios desperdigados por la ladera de la colina. Las gallinas correteaban cacareando, las ovejas pacían por los alrededores y algunas vacas rumiaban pacientes en los prados cercanos. Un hombre se hallaba trabajando no muy lejos. Julián le saludó con la mano.

—Buenos días. ¿Es usted el granjero?

—No, el granjero está allí — contestó el hombre, señalando a un pajar cercano a la casa —. Tened cuidado con los perros.

Los dos remolques se acercaron a la casa. Al oírlos, el granjero salió, acompañado de sus perros. Cuando vio que sólo eran unos niños los que conducían los carromatos, manifestó una visible sorpresa.

Julián tenía ese aire cortés y correcto que a los mayores les agrada tanto descubrir en los niños. A los pocos momentos hablaba al g:anjero con toda confianza y con el más satisfactorio de los resultados.

El labrador se prestó de buen grado a surtirles de cualquiera de los productos de la granja, así como de toda la leche que necesitaran, cosas que podrían ir a buscar a cualquier hora del día. Su esposa — aseguró — les guisaría lo que quisieran y podría prepararles algunos bollos de vez en cuando.

—¿Podría tratar con ella el asunto del pago? — preguntó Julián —. Prefiero pagar las cosas en el momento de adquirirlas.

—Esto está muy bien, hijo — respondió el granjero —. Siendo cumplidor, nunca te verás en jaleos. Ahora vas a conocer a mi mujer. La encantan los chicos, así que os hará un buen recibimiento. ¿Dónde pensáis acampar?

—Nos gustaría hacerlo en algún sitio que tuviese buena vista dominando el lago — contestó Julián —. Desde aquí no se ve, pero, a lo mejor, un poco más allá encontramos lo que andamos buscando.

—Sí, tendréis que seguir por lo menos durante un kilómetro. El camino os conducirá hasta allí. Cuando lleguéis a un grupo de abedules, veréis una hondonada muy recogida, como socavada en la colina, con una magnífica vista sobre el lago. En poco tiempo podréis asentaros allí y, además, estaréis a cubierto de los vientos.

—Muchas gracias — contestaron los chiquillos a coro, pensando en lo agradable que era aquel campesino y cuán distinto de Lou y Dan, tan atravesados y extraños.

—Iremos primero a ver a su esposa — determinó Julián — y luego seguiremos hasta el lugar que usted nos indica. Espero que dentro de unos días volveremos por aquí.

En efecto, conocieron a la esposa del granjero, una anciana regordeta, de rostro redondo, cuyos diminutos ojillos brillaban de malicia y buen humor. Los recibió con gran alegría, ofreciéndoles bollos recién sacados del horno y dándoles absoluta libertad para coger unas ciruelitas oscuras que se arracimaban en un árbol, junto a la entrada de la vieja casona.

Convinieron en que Julián pagaría al contado, cada día, los artículos que les fuesen proporcionados. Encontraron los precios de la mujer del granjero en exceso bajos, pero ésta se negó en redondo a cobrar ni un solo penique más.

—Para mí será una satisfacción ver esas caras tan lindas en mi casa — les dijo —. También eso forma parte del pago, ¿de acuerdo? Estoy más que segura de que sois unos chicos educados. Se nota en vuestros modales. Y tam-

bién de que no haréis ningún daño ni ninguna locura en
la granja.

Los chiquillos se alejaron cargados con toda clase de
provisiones, desde huevos y jamón hasta tortillas y pasteles
de jengibre.

La anciana entregó a Ana, cuando ésta se despedía,
una botella de licor de frambuesas. Cuando Julián se disponía
a pagársela, se mostró muy ofendida.

—Si me apetece hacer un regalo, lo hago. ¡Vaya una
manía! ¡Tanto pagar por aquí, pagar por allá...! Cada vez
que vengáis os tendré alguna cosilla preparada, pero no
te atrevas a intentar abonármela o tendré que darte con
el rodillo.

—¿Verdad que es simpatiquísima?—dijo Ana, mientras
volvían a los remolques—. Fíjate, Jorge, que hasta
Tim le dio la pata antes de que tú se lo dijeras. Y casi
nunca lo hace.

Acomodaron las cosas en la despensa, se encaramaron
a los pescantes, arrearon a *Dobby* y a *Trotón* y se pusieron
de nuevo en marcha.

Exactamente a un kilómetro hallaron el bosquecillo de
abedules.

—La hondonada escondida debe de estar por aquí—
dijo Julián—. ¡Sí! Allí está, como incrustada en la colina.
¡Qué sitio más abrigado! Parece hecho a propósito
para acampar en él. ¡Y qué vista tan magnífica!

En verdad que lo era. La empinada ladera descendía
casi verticalmente hasta el lago, que yacía a sus pies, extenso,
tranquilo, suave como un espejo encantado. Desde
la posición en que se encontraban podían divisar la orilla
opuesta, separada de ellos por una gran extensión de agua.

—¡Qué azul!—exclamó Ana, asombrada—. Todavía
más azul que el cielo. ¿Verdad que será estupendo disfrutar
de esta vista tan preciosa mientras estemos aquí?

Julián hizo retroceder los carromatos hasta la hondonada. El suelo aparecía cubierto de brezos, que formaban una muelle alfombra rojiza. Las campanillas, pálidas como el cielo del crepúsculo, crecían en las grietas de la pared. ¡Un rinconcillo delicioso!

Los agudos oídos de Jorge captaron el sonido del agua corriente. Anunciándoselo a sus compañeros, comenzó a buscar el arroyo que lo producía.

—¿Sabéis una cosa? Hay otro manantial que sale de la colina. Agua para beber y lavarnos, bien cerquita. Tenemos una suerte inmensa, ¿no?

—Desde luego — respondió Julián —. Hemos encontrado un sitio precioso y aquí nadie nos molestará.

¡Pero había hablado demasiado pronto!

Capítulo IX

UN ENCUENTRO DESAGRADABLE

Realmente, era divertido estar instalados en un escondite tan confortable.

Habían colcado juntos los remolques, y los caballos fueron dejados sueltos en un prado, en el cual pacían los caballos de la granja cuando habían acabado la jornada. *Trotón* y *Dobby* parecían muy satisfechos en aquella ondulada pradera. Sobre una piedra socavada caía un hilillo de agua, que se mantenía siempre fresca. Los animales bebieron durante largo rato.

—También es un sitio estupendo para los caballos — comentó Julián —. Se los ofreceremos al granjero para que los utilice, si quiere. Pronto llegará la época de la recolección y a lo mejor le vienen bien dos caballos más. Ellos disfrutarán también teniendo otros compañeros, como antes.

Casi al borde de la plataforma había una piedra desgastada, tapizada de brezos.

—¡Butaca de patio para la película *Vista del lago*! — exclamó Ana sentándose en ella —. ¡Y está calentita del sol! ¡Qué gusto!

—Voto porque comamos aquí — propuso Jorge, sentándose a su lado —. La piedra es cómoda y amplia y además tan lisa que podemos poner los platos y tazas sin que se caiga nada. Y ¡menudo panorama, eh! ¿Veis algo del circo desde aquí?

—Hay una columna de humo allá a lo lejos —contestó Dick señalándola—. Supongo que pertenece al campamento y... ¡Oíd, hay una barca en el lago! ¡Qué pequeña se ve!

—A lo mejor es Nobby —dijo Ana—. Julián, ¿no trajimos unos anteojos? Yo creo que sí.

—Sí, me parece que sí —replicó Julián, tratando de recordar—. Yo iré a buscarlos.

Se dirigió a la carreta verde, rebuscó en los cajones y volvió al poco tiempo con los anteojos colgando en su funda.

—Vamos a ver —dijo, enfocando hacia el lago—. Sí, ahora se ve bien. Es Nobby... ¡Anda! ¿Sabéis quién viene con él? *¡Pongo!*

Utilizaron los anteojos por turno para contemplar a Nobby y al chimpancé en la barca.

—Debíamos hablar con Nobby para que nos hiciese alguna señal desde el bote cuando Lou y su tío estuvieran fuera —dijo Dick—. Entonces sabríamos que no había peligro y podríamos bajar al campamento a visitarlo.

—Sí, es una buena idea —contestó Jorge—. Dame los gemelos, Dick. *Tim* también quiere mirar.

—Tú estás tonta. *Tim* no sabe emplear los anteojos —replicó Dick, tendiéndoselos sin embargo.

El animal aplicó con gran dignidad los ojos a los cristales y pareció mirar por ellos con mucho interés.

—¡Guau! —comentó cuando cesó en su observación.

—Dice que ha visto a Nobby y a *Pongo* —explicó Ana. Los otros se echaron a reír. Ana casi se lo creía en serio. ¡Era un perro tan listo...!, pensaba mientras acariciaba la suave cabezota.

El día se había vuelto en exceso cálido. Hacía demasiado calor para hacer nada, ni siquiera bajar al lago a bañarse. Los niños se sentían felices de encontrarse en las colinas, puesto que soplaba una suave brisa que los refrescaba de cuando en cuando. Ya no esperaban volver a ver a Nobby, al menos por aquel día. Quizás al día siguiente. Si no, bajarían a bañarse al lago. Sería fácil verle por allí.

Al poco rato, el banco de piedra se había recalentado tanto que ya no había manera de permanecer sentados en él. Los muchachos se retiraron al bosquecillo de abedules, donde podía disfrutarse de la sombra. Se llevaron unos libros y *Tim* se les unió jadeando como si hubiese pasado corriendo todo el día. Continuamente se acercaba al manantial para beber. Ana llenó un gran cacharro de agua fresca y lo depositó a la sombra, junto con una taza para sacarla. Durante todo el día, a causa de su sed, pudieron saborear la agradable sensación del agua límpida y fría extraída del manantial.

El lago aparecía coloreado de un intensísimo azul, y tan plácido como un cristal. La barca de Nobby ya no se hallaba en el agua. Él y *Pongo* se habían retirado y ni un solo movimiento turbaba la paz del lago.

—A la tarde, cuando refresque, podemos ir a bañarnos —propuso Julián a la hora del té—. Hoy no hemos hecho nada de ejercicio y nos sentará bien. No nos llevaremos a *Tim* por si nos tropezamos con Lou o Dan. Nosotros podremos escurrirnos al verlos, pero el perro se les echará encima tan pronto como los descubra y, si estamos en el agua, no podremos evitarlo.

—Además, lo mejor es que se quede para cuidar de los remolques —concluyó Ana—. Bueno, me voy a enjuagar los platos. ¿Alguien quiere comer más?

—¡Qué calor! —dijo Dick, tumbándose boca arriba—. Ojalá estuviéramos en la orilla. Me metería en el agua ahora mismo.

A las seis y media refrescó un poco el ambiente, y los cuatro niños se dirigieron al lago. *Tim* se sentía dolorido y furioso al ver que no le permitían acompañarlos.

—Hoy te toca quedarte, *Tim* — ordenó Jorge con firmeza —. ¿Comprendido? No dejes que nadie se acerque. ¡Mucho ojo!

—¡Guau! — contestó el animal en tono lúgubre, abatiendo la cola. ¡Dejarlo de guardián! ¿No sabía su ama que las carretas no podían marcharse solas y que lo que a él le apetecía era darse un buen chapuzón en el lago? Sin embargo, quedóse vigilante en el banco de piedra, hasta ver desaparecer a los muchachos, con las orejas rígidas para escuchar sus voces y la cola tristemente caída. Luego se volvió junto a la carretera de Jorge y se echó a esperar, armado de paciencia, a que volviesen sus amigos.

Entretanto, los chiquillos bajaban por la ladera, tomando por los atajos y saltando como gamos para salvar los empinados desniveles. Cuando subieron en los carromatos, les había parecido un camino largo e interminable. Ahora que podían ir a pie por senderos de cabras y atajos, lo encontraron mucho más corto.

Un profundo corte en el terreno los obligó a volver al sendero, que siguieron hasta llegar a una curva cerrada, un lugar abrupto y escarpado, donde, ante su desmayo y asombro, se toparon de repente con Lou y el tío Dan.

—No les hagáis caso — aconsejó Julián en voz baja —. Continuemos juntos, sin detenernos y haciendo como si *Tim* viniese detrás.

—¡Tim, Tim...! — gritó Jorge —. ¡Ven corriendo!

Lou y Dan parecieron tan sorprendidos al ver a los chiquillos, como éstos habían quedado al divisarlos a ellos. Se pararon y se quedaron mirándolos. Julián obligó a sus compañeros a que se apresuraran.

—¡Eh, esperad un momento! — les gritó Dan —. Tenía entendido que os habíais largado ya más allá de las montañas.

—Lo siento, pero no podemos entretenernos — respondió Julián —. Tenemos bastante prisa.

Lou buscó a *Tim* con la mirada. No estaba dispuesto a perder de nuevo los estribos y ponerse a gritar, por si acaso aquel feroz animal se le volvía a echar encima. Esforzándose en aparentar tranquilidad, se dirigió a los chicos en voz alta.

—¿Dónde están vuestros carromatos? ¿Estáis acampados por aquí cerca?

Los chiquillos continuaron andando, sin molestarse en responder, y los hombres se vieron forzados a ir tras ellos para hacerse oír.

—¡Eh! ¡Oye! ¿Por qué no os paráis? Si no vamos a haceros nada malo... Sólo queríamos saber si estáis acampando aquí arriba. Abajo hay sitios mejores.

—Seguid andando — murmuró Julián —. No les contestéis. ¿A qué viene ahora decirnos que es mejor acampar abajo, cuando ayer estaban deseando que nos fuésemos? Están locos.

—¡Tim, Tim! — llamó Jorge de nuevo, esperando que los hombres se detendrían si la oían llamar al perro. En efecto, cesaron de molestarlos y no volvieron a hablar. Llenos de furia, dieron la vuelta y prosiguieron su camino.

—Bueno, ya nos hemos librado de ellos — suspiró Dick, aliviado —. No pongas esa cara de susto, Ana. Lo que me gustaría saber es lo que buscan en las colinas. No creo que sean de los que pasean sólo por gusto.

—Dick, no estaremos metiéndonos en otra aventura, ¿verdad? — preguntó Ana de repente, con voz quejumbrosa —. No me apetece ninguna. Por una vez, podíamos pasar unas vacaciones tranquilas y corrientes.

—Claro que no vamos a tener aventuras — repuso Dick con sorna —. No hemos hecho más que tropezarnos con dos tipos malencarados y ya te imaginas que nos estamos metiendo en un jaleo. Pues ¿sabes lo que te digo? Que me encantaría que tuvieras razón. Toda la vida hemos pasado las vacaciones juntos y siempre nos ha sucedido algo fuera de lo normal. Y no te atreverás a decirme que no te gusta luego hablar de ello y contarlo a todo el mundo.

—Bueno, me gusta despúes, pero no mientras está sucediendo — confesó la niña —. Me parece que no soy una persona muy aventurera.

—No, desde luego — confirmó Julián, ayudándola a salvar un profundo escalón —. En cambio eres una personita muy trabajadora, así que no te preocupes. Y además, si pasara algo, no te gustaría que te dejásemos a un lado, ¿a que no?

—¡No, no! De ninguna manera — repuso la pequeña —. Mira, ya estamos casi en la orilla. ¡Huy! El agua está helada.

A los pocos segundos estaban todos en el agua. Poco después apareció Nobby, dando gritos y haciéndoles señas.

—¡Eh! ¡Ya estoy aquí! Mi tío y Lou se han largado no sé adónde. ¡Viva!

Acompañaban al muchacho sus dos fieles perritos, pero no el chimpancé. Se arrojó al agua en seguida, nadando sin el menor estilo y salpicando a Jorge cuando estuvo a su lado.

—Vimos a tu tío y a Lou cuando bajábamos — le gritó ésta —. Quédate quieto un momento, Nobby, que te estoy hablando. Te decía que nos encontramos a la parejita al bajar. Se dirigían a las colinas.

—¿A las colinas? — preguntó, asombrado, el muchacho —. Si ellos no van de compras a la granja. Eso lo hacen las mujeres por la mañana temprano. ¿A qué irían?

—Pues sí, nos los encontramos allá arriba — intervino Dick, acercándose con vigorosas brazadas —. Creo que se quedaron de una pieza al vernos. Supongo que no nos volverán a molestar.

—Yo he tenido un día de perros — dijo Nobby, al

tiempo que les mostraba unas señales oscuras en los brazos —. Mi tío me pegó como un loco, por haberme hecho amigo vuestro. Dice que nunca más vuelva a hablar con extraños.

—¿Por qué?— preguntó Dick —. ¡Qué tipo más grosero y más egoísta! Bueno. En realidad, no parece que le hagas demasiado caso.

—¡Desde luego! Ahora está bien lejos, ¿no es verdad? Lo único que tengo que hacer es vigilar para que no me vea con vosotros. En el campamento ninguno se «chivará». Todos les tienen una manía...

—Te vimos en el bote con *Pongo* — dijo Julián, aproximándose a su vez para intervenir en la conversación — y pensamos que, si alguna vez quieres comunicarnos alguna cosa, puedes ir en el bote y hacernos señales con un pañuelo o algo por el estilo. Como tenemos anteojos, te veremos perfectamente y sabremos que está el camino libre para reunirnos contigo.

—¡Formidable! —contestó Nobby —. Vamos a echar una carrera. ¡Os apuesto a que llego el primero!

Nobby no había aprendido a nadar con profesor, por lo que incluso Ana le alcanzó. A los pocos minutos se hallaban todos en la orilla, secándose mediante violentos ejercicios.

—¡Caramba! Estoy hambriento — dijo Julián —. Sube con nosotros, Nobby, y acompáñanos a cenar.

Capítulo X

EXTRAÑO CAMBIO DE OPINIÓN

Nobby se sentía francamente tentado por la idea de acompañar a sus amigos a la colina y cenar con ellos, pero le asustaba la posibilidad de encontrarse con su tío y Lou cuando éstos regresasen de su paseo.

—Bueno, no hay por qué preocuparse. Iremos vigilando todo el camino y el primero que los vea o los oiga avisa en seguida y tú te escondes volando detrás de un matorral hasta que pasen. Además, ten por seguro que no descuidaremos la guardia, porque tampoco a nosotros nos apetece encontrarlos.

—De acuerdo — decidió al fin el muchacho —. Llevaré conmigo a mis perros para que visiten a *Tim*.

Así, pues, los cinco, seguidos por los dos perrillos, se encaminaron hacia la colina. Al principio subieron por los atajos. Sin embargo, pronto jadeaban de cansancio y resolvieron tomar el camino que, aunque más largo, no era tan empinado.

Mantenían los ojos bien abiertos por si aparecían los dos hombres, pero no se veía ni rastro de ellos.

—Estamos llegando a nuestro campamento — dijo Julián.

En aquel momento se oyó a lo lejos el furioso ladrido de *Tim*.

—¿Habéis oído? ¿Por qué ladrará de esa forma? Me temo que esos tipejos hayan localizado nuestro refugio.

—Si es así, menos mal que hemos dejado a *Tim* — repuso Dick —. De otro modo, a lo mejor nos desaparecía algo.

Al darse cuenta de que se estaba refiriendo al tío de su amigo, el muchacho enrojeció hasta la raíz del cabello, suponiendo que Nobby se ofendería al oír hablar de su tío como si fuera un vulgar ratero. Mas Nobby no se mostró ofendido en absoluto.

—No te preocupes por haber dicho eso de mi tío — contestó alegremente —. Sé muy bien que es una mala pieza. Y, además, no es tío mío en realidad. Cuando mis padres murieron me dejaron una pequeña cantidad de dinero, pidiéndole al «Tigre Dan» que me cuidase. Así que él se llevó el dinero, hizo que le llamase tío y me obligó a quedarme para siempre con él.

—¿Ya formaba parte entonces del circo? —preguntó Julián.

—Sí, mi padre y él actuaban juntos como payasos — repuso Nobby —. Siempre ha habido payasos en mi familia. Bueno. Espera a que yo sea mayor de edad y ya veremos quién hace los trucos. Pienso largarme y meterme en otro circo, donde pueda trabajar con los caballos. Me «chiflan» los caballos, pero el tipo que se ocupa de ellos no me deja acercarme. Debe de tenerme manía porque los sé manejar mejor que él.

Los niños contemplaban a Nobby con asombro. Nunca habían conocido a una persona tan extraordinaria. Se paseaba con un chimpancé domesticado de la mano, amaestraba montones de perros, vivía con el payaso principal de un circo, sabía dar unas volteretas maravillosas y... resulta que su única ambición era andar con caballos. ¡Qué tipo! Dick casi lo envidiaba.

—¿No has ido nunca a la escuela? — preguntó Ana. El muchacho denegó con la cabeza.

—Nunca, no sé escribir, aunque leo un poquillo. A casi

todos los del circo les pasa lo mismo, así que a nadie le importa. ¡Por todos los rayos! A lo mejor vosotros sí sabéis. ¡No me digas que hasta Ana, la chiquitilla, sabe leer un libro!

—Sé leer hace «siglos» — dijo Ana —. Ahora voy ya por las fracciones.

—¡Córcholis! ¿Qué son fracciones? — preguntó el muchacho, impresionado.

—Pues... eso de los cuartos, medios, siete octavos y todas esas cosas. Pero te aseguro que preferiría saber dar volteretas como tú que hacer quebrados.

—¿Por qué ladrará *Tim*? — comentó Jorge al acercarse al bosquecillo de abedules.

De pronto se detuvo. Acababa de ver dos figuras tumbadas en el suelo, bajo los árboles. Lou y «Tigre Dan». No hubo tiempo para que Nobby se escondiese. Ambos hombres lo descubrieron al momento. Se pusieron en pie y esperaron a que los chiquillos se acercaran. Jorge daba interiormente gracias al cielo, pensando que, al primer silbido o grito, *Tim* acudiría en su auxilio. Julián miró a los hombres y, sorprendido, comprobó que parecían estar en plan amistoso. Una súbita sombra pasó por el rostro de «Tigre Dan» cuando posó la vista en Nobby. No obstante, se desvaneció en seguida.

—Buenas tardes — dijo Julián brevemente, dispuesto a seguir sin una palabra más, pero Lou se puso ante él.

—Ya hemos visto que habéis acampado aquí — dijo mostrando sus dientes amarillentos en lo que quería ser una sonrisa —. ¿No pensabais iros al otro lado de la montaña?

—No tenemos por qué discutir nuestras decisiones ni con usted ni con su amigo — replicó Julián con gesto y voz varonil —. Nos hemos marchado de abajo cuando ustedes nos dijeron, ¿no? Lo que hagamos ahora ya no les importa en absoluto.

—Sí, claro que nos importa — apuntó «Tigre Dan», esforzándose por parecer tranquilo y educado —. Subimos hasta aquí buscando un sitio para traer a alguno de nuestros animales, ¿comprendes? Y no queremos que corráis ningún peligro al quedaros aquí.

—No se preocupe — contestó Julián con sorna —. En las colinas hay sitio de sobra para sus animales y para nosotros, creo yo. No se moleste en asustarnos, porque no lo va a conseguir. Nos quedaremos aquí todo el tiempo que nos parezca oportuno y, si necesitamos ayuda, avisaremos al granjero y su gente, que están bien cerca, sin contar con nuestro perro.

—¿Habéis dejado al perro de guardia? — preguntó Lou al oírle ladrar —. Habría que matar a ese animal. Es peligroso.

—Sólo es peligroso para los vagabundos y los bandidos — intervino Jorge —. De lo que deben preocuparse es de alejarse de nuestro campamento cuando *Tim* esté de guardia. Los hará trizas si intentan acercarse.

Lou comenzaba a perder la paciencia.

—Bueno, ¿os vais o no? Ya os hemos dicho que necesitamos este terreno. Podéis bajar y acampar junto al lago si queréis.

—Sí, eso es — concluyó «Tigre Dan», ante el creciente asombro de los niños —. Así podéis bañaros en el lago todos los días y Nobby os enseñará todo el campamento y os podéis hacer amigos de los animales y...

En aquellos momentos le tocaba el turno a Nobby de sentirse francamente atónito.

—¡Por todos los rayos! ¿No me has puesto negro esta mañana por hacerme amigo de estos chicos? — preguntó —. ¿A qué estáis jugando ahora? Nunca en la vida has tenido a los animales en la colina y...

—¡Cierra el pico! — ordenó «Tigre Dan» en un tono tan furioso que los muchachos se quedaron aterrados. Lou propinó un codazo a Dan y éste se esforzó para aparecer de nuevo tranquilo y agradable.

—No queríamos que Nobby hiciese amistad con gente tan fina — comenzó a decir —, pero si a vosotros os gusta su compañía, pues adelante. Vosotros bajáis, acampáis junto al lago y Nobby os enseñará todo el circo. No se puede hablar más claro, ¿eh?

—Usted tiene otros motivos para hacernos todas esas concesiones — dijo Julián, zumbón —. Lo siento mucho, pero ya hemos hecho nuestros planes y no pensamos discutirlos con usted.

—Vámonos — intervino Dick —. Tenemos que tranquilizar a *Tim*. Se va a quedar sin pulmones de tanto ladrar. Además, nos debe estar oyendo y no tardará en aparecer por aquí. Entonces sí que nos va a resultar difícil separarlo de esos tipos.

Lo cuatro chiquillos se pusieron en marcha. Nobby, indeciso, miró a su tío. No sabía si ir con ellos o no. Lou volvió a dar a aquél un codazo.

—Vete, vete con ellos si te apetece, hombre — dijo Dan al fin al sorprendido muchacho, tratando de hacer una mueca amistosa —. Sigue con tus elegantes amigos. Pueden hacerte mucho bien, ¿no crees?

La mueca se tornó súbitamente dura y Nobby pudo escapar del alcance de sus manos sólo gracias a su agilidad. Se sentía confuso y se preguntaba qué se escondería tras aquel súbito cambio de opinión de su tío. Echó a correr tras sus amigos. *Tim* acudió a su encuentro, ladrando y agitando su peluda cola, frenético de alegría.

—Eres un sol, un sol — le dijo Jorge, dándole palmadas —, y sabes hacer guardia de maravilla. ¿A que sabías que si te necesitaba daría un silbido, a que sí? Eres un sol, ¡ de verdad!

—Ahora os preparo la cena — anunció Ana —. Estamos desfallecidos, así que mejor será que dejemos la charla para mientras comemos. Jorge, ven a ayudarme. Julián, ¿quieres traer la cerveza de jengibre? Y tú, Dick, haz el favor de llenar de agua los cacharros.

Los chicos se guiñaron el ojo. Les divertía ver a Ana tomar el mando y dar órdenes a diestro y siniestro, si bien todos la obedecían con sumo gusto.

Nobby fue a ayudarla y juntos cocieron los huevos en un pucherillo. Luego la pequeña preparó *sandwichs* de carne asada y tomate y colocó sobre la improvisada mesa el bizcocho que la mujer del granjero le había dado. También se acordó de sacar el licor de frambuesas, que encontraron exquisito.

Al poco rato se hallaban todos sentados en el banco de piedra, todavía tibio, viendo ocultarse el sol en un lago que parecía tan azul como una gigantesca hortensia en aquel bellísimo atardecer. El cielo se iba cubriendo poco a poco de jirones rosáceos.

Los muchachos, con un huevo cocido en una mano y un pedazo de pan y mantequilla en la otra, masticaban a dos carrillos, mojando los huevos de cuando en cuando en el platillo de la sal.

—No sé por qué, pero la comida en el campo siempre está mucho más sabrosa que la de casa — comentó Jorge —. Aunque tomásemos en casa lo mismo, nunca sabría tan rico.

—¿Quién puede con dos huevos? — preguntó Ana —. He preparado dos por barba y queda un montón de izcochos, más *sandwichs* y algunas ciruelas que cogimos esta mañana.

—La mejor comida que he tomado en mi vida — exclamó Nobby, cogiendo el segundo huevo —. Y también la mejor compañía que he tenido en mi vida.

—Gracias — dijo Ana.

Todos se sintieron orgullosos. Ciertamente, Nobby no poseía muy buenos modales. Sin embargo, quizá por intuición, parecía saber decir siempre la cosa más oportuna.

—Menos mal que tu tío no te obligó a volverte con ellos — dijo Dick —. ¿Por qué se habrán vuelto tan amables de pronto...?

Se entabló una animada discusión. Julián se sentía confuso e incluso había empezado a pensar que sería mejor dar la vuelta a la colina y buscar otro sitio para acampar. Cuando los otros oyeron tal sugerencia, pusieron el grito en el cielo y le miraron burlones.

—¡Julián! No seas cobarde. Aquí estamos bien y nos quedaremos.

—¿Marcharnos ahora...? y ¿por qué? No estorbamos a nadie, digan lo que digan esos dos.

—*Yo* no muevo *mi* carro de aquí, pase lo que pase.

Naturalmente, ésta era Jorge.

—No, no os vayáis — intervino Nobby —. No hagáis caso de Lou y de mi tío. No os pueden hacer nada. Sólo pretenden molestaros. Si os quedáis, yo os enseñaré todo el circo.

—Bueno..., no es que yo admita las imposiciones de esos tipos — contestó Julián —, sino que..., bueno, yo estoy encargado de todos, y... no me gusta el aspecto de Lou y «Tigre Dan»... Además...

—Bueno, bueno, tómate otro huevo y olvídalo — dijo Dick —. Vamos a quedarnos en este refugio por mucho que Lou y Dan intenten echarnos de él. Y además, me gustaría ver quién es el listo que lo consigue. Me iba a extrañar mucho conocerlo.

El sol se puso, transformando el cielo en una inmensa llamarada rojiza, cuyo reflejo pareció incendiar el lago.

Nobby, pesaroso, se levantó y sus dos fieles perrillos, que habían estado jugueteando con *Tim*, le siguieron.

—Tengo que irme. Todavía he de hacer algunas cosas allá abajo. ¿Qué tal si bajáis mañana a ver los animales?

Seguro que *Señorona*, la elefanta, os gustará mucho. Es un sol. Y *Pongo* se alegrará de veros otra vez.

—A lo mejor tu tío vuelve a cambiar de opinión y no nos quiere ver por allí — dijo Dick.

—Os haré una señal desde el bote agitando un pañuelo. Así sabréis si hay o no peligro. Bueno, hasta pronto entonces.

Capítulo XI

DIVERSIÓN EN EL CIRCO

A la mañana siguiente, mientras Ana recogía las cosas del desayuno, ayudada por Jorge, y Dick se dirigía a la granja para recoger lo que la granjera les había ofrecido, Julián sacó los anteojos y se sentó en el banco de piedra, esperando ver aparecer a Nobby en el bote.

Dick se alejó silbando. La granjera se mostró encantada de verle y le enseñó dos grandes cestos repletos de deliciosos alimentos.

—Lonchas de jamón curado en casa por mí — enumeró levantando el blanco paño que cubría uno de los cestos — y una olla de magro. Procurad guardarlo en un sitio fresco. Esto son lechugas y rábanos que cogí de la huerta esta mañana temprano, y algunos tomates.

—¡Qué fantástico! — exclamó el muchacho, contemplando encantado la comida —. Todas las cosas que nos gustan. Muchísimas gracias, señora Mackie. ¿Qué hay en el otro cesto?

—Huevos, mantequilla, leche y un bizcocho de hojaldre — contestó la mujer —. Creo que con esto tendréis bastante hasta mañana para los cuatro. Y en ese papel va un hueso para el perro.

—¿Cuánto le debo? — preguntó Dick. Pagó la cuenta y cogió los cestos. La señora Mackie deslizó un paquete en su bolsillo.

—Sólo son unos dulces caseros — dijo. Éste era el pequeño regalo que les había prometido. Dick le hizo un cariñoso guiño.

—Bueno, no intentaré abonárselos, porque la verdad es que le tengo un miedo atroz a su rodillo. Pero muchas, muchísimas gracias.

Se marchó encantado, pensando en la alegría de Ana cuando viese los cestos. Ya se la imaginaba colocándolo todo en la despensa, trasladando la mantequilla a un plato, metido en un cacharro de agua fría, y depositando los huevos en su sitio.

Tan pronto como llegó, oyó que Julián le gritaba.

—Nobby está en la barca, ven a ver. Nos hace señales con algo que no puede ser un pañuelo. Tiene que ser una sábana por lo menos.

—Nobby no duerme con sábanas — rechazó Ana —. No sabía ni para qué servían cuando las vio en nuestras literas. A lo mejor ha cogido un mantel.

—De todas maneras es algo grande. Sin duda, quiere indicarnos que podemos bajar al campamento con toda tranquilidad — dijo Julián —. ¿Estáis listos?

—Todavía no — respondió Ana, en tanto vaciaba los cestos que Dick había traído —. Tengo que sacar de aquí todas estas cosas y si pretendéis que lleve la comida en plan de campo, tendré que prepararla. ¡Fijaos qué cosas más ricas!

Todos se volvieron a mirar.

—La señora Mackie es un cielo — dijo Ana —. Desde luego todo es «exquisitísimo». Mirad, mirad qué jamón tan bueno, ¡huele a gloria!

—Y aquí está su regalito: dulces caseros — dijo Dick acordándose del paquete que llevaba en el bolsillo —. ¿Queréis uno?

Ana dispuso todo lo accesorio en media hora. Habían decidido llevarse la comida para ellos y para Nobby. No debían olvidarse, además, de sus bañadores y algunas toallas.

—¿Nos llevamos a *Tim* o no? — preguntó Jorge —. Me gustaría que viniese con nosotros, pero si ese dúo sigue tan interesado por nuestras carretas, será mejor que lo dejemos de guardia otra vez. No tendría ninguna gracia encontrarnos al volver con algo estropeado o la mitad de nuestras cosas desaparecidas.

—Desde luego — concluyó Dick —. Además, acordaos de que ni las carretas ni los muebles son nuestros. Por eso hay que tener muchísimo más cuidado con todo. Yo opino también que deberíamos dejar a *Tim* de guardia. ¿A ti qué te parece, Julián?

—Lo mismo — contestó éste en seguida —. Estos remolques son demasiado valiosos para dejarlos a merced de cualquier vagabundo. Aunque supongo que podríamos cerrarlos con llave. De todos modos, hoy dejaremos a *Tim*. Pobrecito, no hay derecho, ¿verdad, viejo?

Tim no contestó. Presentaba un aspecto triste y abatido. ¡Qué barbaridad! Se iban a marchar otra vez abandonándole allí. De sobra sabía lo que significaba «de guardia». Tendría que permanecer sin moverse al lado de las casas de ruedas hasta que los chicos regresaran. ¡Con las ganas que él tenía de ver a *Pongo*!

El animal, con las orejas caídas y la cola colgando, parecía la estampa de la tristeza, pero no cabía otra solución. Los muchachos comprendían que no podían privar a las carretas de vigilancia mientras mantuvieran dudas acerca del comportamiento de Lou y Dan. Así, pues, le dieron todos consoladoras palmadas, lo acariciaron y se despidieron de él. *Tim*, con gran dignidad, se sentó en el banco de piedra, dándoles la espalda para no verlos siquiera marchar.

—Se ha ofendido — dijo Jorge —. ¡Pobrecito *Tim*!

No les llevó mucho tiempo bajar hasta el campamento.

Allí encontraron esperándolos a Nobby, Po*:go*, *Ladridos* y *Gruñón*. Nobby sonreía de oreja a oreja.

—¿Pescasteis la señal?—preguntó—. El tío sigue en sus trece. Y creo que os ha cogido cariño. Dice que os tengo que enseñar todo lo que os dé la gana ver. Y hasta me prestó su camisa para haceros la señal. Pensé que si la hacía con algo grandísimo ya sabríais que todo iba bien.

—¿Dónde podemos guardar los trajes de baño y la cesta de la merienda mientras visitamos el campamento? —preguntó Ana—. En algún lugar fresco, si puede ser.

—Ponlos en mi carreta—dijo Nobby. Y los condujo a una carreta pintada de azul y amarillo, con ruedas rojas. Los muchachos se acordaban de haberla visto pasar ante su casa, apenas hacía dos semanas.

Entraron en ella. No valía ni la mitad que las suyas. En primer lugar, era mucho más pequeña y, además, aparecía sumida en el más profundo desorden. Todo estaba sucio y despedía un tufo repugnante. Ana la miró con desagrado.

—No es tan buena como las vuestras—dijo Nobby—. Me gustaría tener una igual. Viviría como un príncipe. Bueno, ¿qué queréis ver primero? ¿El elefante? Venid por aquí.

Se acercaron al árbol en que se hallaba atado el elefante. La *Señorona* arrolló la trompa en torno a Nobby y contempló a los visitantes con sus inteligentes ojillos.

—Oye, *Señorona*, ¿te apetece bañarte?

El elefante trompeteó y los chiquillos retrocedieron asustados.

—Luego te llevaré—prometió Nobby—. Y ahora, ¡arriba, vamos, vamos, vamos!

Ante estas palabras, el inmenso animal lo ciñó con fuerza por la cintura y lo levantó hasta colocarlo con sumo cuidado sobre su inmensa cabeza.

Ana apenas osaba respirar.

—¡Oh! ¿Te has hecho daño, Nobby?

—¡Qué va! — respondió Nobby —. La *Señorona* no hace daño a nadie, ¿verdad que no, grandullona?

Mientras transcurría la escena, se había aproximado a ellos un hombrecillo de amplia sonrisa y ojos resplandecientes, que brillaban como si hubiesen sido barnizados.

—Buenos días — dijo —. ¿Les gusta a ustedes mi *Señorona*? ¿Querrían verla jugar al criquet?

—¡Sí, sí! — exclamaron todos.

El recién llegado sacó un palo de criquet, que tendió al animal. Éste lo tomó con la trompa y lo agitó en el aire. Nobby se deslizó con habilidad hasta el suelo.

—Yo jugaré con ella, Larry — decidió, tomando una bola de manos del hombrecillo. Desde lejos se la arrojó a *Señorona*, quien la golpeó con el palo con excelente puntería. La pelota salió disparada. Julián la detuvo y se la arrojó al elefante otra vez. Y de nuevo el animal la devolvió de un certero golpe.

Todos los niños tomaron parte en el juego, disfrutando con toda su alma. Atraídos por los gritos y las risas, algunos chiquillos del campamento se habían acercado a mirar, pero eran tan asustadizos como conejos y tan pronto como Julián o Jorge les dirigían la palabra, huían a esconderse en sus carromatos. Estaban sucios y harapientos. Sin embargo, casi todos poseían hermosísimos ojos y un cabello apretadamente rizado, que reclamaba a voces un buen lavado y un peine.

Nobby corrió en busca de *Pongo*, que corría de un lado a otro de la jaula emitiendo angustiosos gruñidos, sintiéndose olvidado. Cuando se vio al lado de los niños, se mostró feliz. En seguida abrazó a Ana, al tiempo que tiraba del pelo a Jorge, escondiendo la cara entre las manos y gesticulando con malicia.

—¡Ya te había avisado! ¿Es que no te acuerdas, *Pongo? — le dijo Nobby —. Estáte quieto y a mi lado o te encierro otra vez, ¿comprendido?

Luego fueron a ver a los perros y los soltaron a todos. La mayoría eran *terriers* o cruzados, ágiles y bien cuidados, que saltaban con alegría en torno a Nobby, mostrándole su cariño, su confianza y su excitación al verse libres.

—¿Os gustaría verlos jugar al fútbol? — preguntó Nobby —. ¡Eh, *Ladridos*, ve a buscar la pelota, rápido!

El animal se dirigió hacia la carreta del muchacho. La puerta estaba cerrada, pero el inteligente perrillo se levantó sobre las patas traseras y empujó el pestillo con el morro hasta lograr abrirlo. Penetró en el interior de la carreta y salió a los pocos momentos empujando un balón con el hocico. Bajó las escaleras y se dirigió hacia la explanada. El resto de los perros se abalanzó en tromba hacia el mismo sitio, lanzando gruñidos de alegría. ¡Guau, guau, guau! Conducían el balón, regateaban a los contrarios, mientras Nobby se colocaba en un extremo, con las piernas abiertas, para servir de portería. *Gruñón* y *Ladridos* se encargaban de meter los goles y los demás perros de pararlos, con lo que el juego resultaba de lo más emocionante.

De pronto, en el momento en que *Ladridos* acababa de marcar un tanto, arrojándose sobre la pelota e introduciéndola a toda velocidad por entre las abiertas piernas de Nobby, *Pongo* decidió intervenir en la refriega y, lanzándose en medio del campo, cogió el balón y huyó a toda velocidad con él.

—¡Bandido, «chalao»! — vociferaba su amo.

Los perros corrían tras el travieso chimpancé, que, de un brinco, se subió al tejado de uno de los carromatos, empezando a botar la pelota al tiempo que hacía incesantes muecas a los enfurecidos perros.

—¡Ay, ay qué risa! — decía Ana, secándose las lágrimas—. Me duelen los costados de reírme tanto.

Nobby tuvo que trepar al tejado de la carreta para recuperar la pelota. *Pongo* se bajó de un salto por el otro lado, abandonándola sobre la chimenea. Era un animal realmente juguetón.

A continuación se dirigieron al lugar donde se encontraban los magníficos caballos. Todos ellos iban revestidos con brillantes petos y estaban ejercitándose en un amplio prado, a las órdenes de un esbelto jovencillo llamado Rossy, a cuya mínima palabra obedecían los animales.

—¿Me dejas montar a la *Reina Negra*, Rossy? —preguntó Nobby con ansiedad—. ¡Por favor!

—Bueno —concedió éste. Su cabello negro relucía tanto como los petos de los caballos.

Entonces, Nobby asombró aún más a los ya admirados niños. Saltó sobre un caballo negro y, de pie sobre su lomo, recorrió al trote todo el prado.

—¡Se va a caer! —gritaba Ana, aterrada. Sin embargo, no sucedió nada semejante. Súbitamente, el muchacho se dejó caer sobre las manos y se mantuvo derecho, con los pies en alto sobre el lomo del caballo.

—¡Bravo, bravo! —aplaudía Rossy—. Eres formidable en el caballo, jovencito. Monta ahora a *Furia*.

Furia era un animal de aspecto nervioso y violento, cuyos brillantes ojos denunciaban fiereza. Nobby se le acercó corriendo y saltó sobre él, montándolo a pelo. El animal se irguió sobre las patas traseras, bufando, y trató en vano de desprenderse del jinete, que, pese a todos sus esfuerzos, se mantenía agarrado a él como una lapa a una roca.

Por último, ya cansado, el caballo emprendió un trote ligero en torno al prado. De improviso, inició un frenético galope, frenando luego en seco con la esperanza de arrojar a Nobby sobre su cabeza. No obstante, el muchacho, que conocía y esperaba el truco, se echó hacia atrás en el momento preciso.

Rossy, asombrado por la habilidad del chiquillo, lo animaba.

—¡Bravo! ¡Muy bien! ¡Ya es tuyo! ¡Eres un gran tipo!

—Nobby, ¿cómo sabes hacer tantas cosas? ¡Qué listo eres! — chillaba Ana a pleno pulmón —. ¡Dios mío, cómo me gustaría a mí saber hacer eso!

Nobby desmontó con aspecto satisfecho. Resultaba muy agradable poderse exhibir un poco ante sus amigos «señoritos». De pronto echó una ojeada a su alrededor y exclamó:

—¿Dónde está el mono? ¡Seguro que haciendo de las suyas! ¡Vamos, vamos, hay que encontrarlo rápido!

Capítulo XII

UN DÍA DELICIOSO, CON UN FINAL HORRIBLE

Lo encontraron en seguida. Apareció paseando entre los carricoches y aparentaba sentirse muy satisfecho de sí mismo.

Se acercó a Ana y, emitiendo cariñosos ruiditos, le entregó una cosa como si tratara de hacerle un regalo. La niña la cogió y, al mirarla, exclamó:

—Nobby, es un huevo duro. ¡Ay!, seguro que ha estado hurgando en la cesta de la merienda.

Así era; en efecto, faltaban dos huevos y algunos tomates. Nobby pegó al animal y lo castigó a permanecer encerrado en la jaula. El chimpancé se mostraba triste y emitía un extraño sonido, como si llorase, con la cabeza escondida entre sus enormes manazas.

Ana se conmovió.

—¿Está llorando? Pobrecito. Perdónale, Nobby, seguramente no pretendía portarse tan mal.

—¡No, qué va a estar llorando! ¡Lo está fingiendo, el muy «cara»! ¡Y claro que sabía que se estaba portando mal! ¡Si le conoceré yo...!

La mañana transcurrió como un soplo visitando a los animales. Antes de que hubiesen tenido tiempo para ver a los monos, había llegado la hora de comer.

—Bueno, luego los veremos —dijo Nobby—. Vamos

a comer ahora. Venid. Nos acomodaremos junto al lago.

Para particular satisfacción de los muchachos, Dan y Lou no habían aparecido ni por un momento.

—¿Dónde están? — preguntó Julián —. ¿Han salido a pasar el día por ahí?

—Sí, gracias a Dios — contestó Nobby —. Salieron a dar uno de sus misteriosos paseos. Porque, ¿sabéis? Cuando vamos por los caminos de un lado para otro, mi tío acostumbra desaparecer de pronto por la noche. Yo me levanto, ¡y ya no está!

—Y ¿adónde va? — se interesó Jorge.

—¡Cualquiera se lo pregunta! — repuso el chico —. Bueno, lo cierto es que hoy no andan por aquí, dando la lata como de costumbre, y no creo que vuelva hasta la noche.

Se fueron a comer junto al lago, que lanzaba destellos a sus pies y constituía una tentación, con sus aguas azules y tranquilas.

—¿Qué tal nos vendría un bañito? — preguntó Dick, tras haber comido a más no poder. Julián consultó el reloj.

—No se puede uno bañar después de haber comido de este modo — rechazó —. Ya sabes, Dick, hay que esperar un rato.

—Bueno — contestó éste, echándose en el suelo —, echaré una siestecita... ¿O vamos a ver a los monos?

Dormitaron un rato y luego iniciaron el regreso para visitar a los monos. Cuando llegaron al campamento, éste hervía de gente excitada, que corría de un lado para otro, dando chillidos.

—¿Qué os pasa? — preguntó Nobby —. ¡Por todos los demonios! ¡Si se han escapado todos los monos!

Así ocurría, en efecto. A cualquier parte que se dirigiera la mirada, se veía un monito castaño, parloteando consigo mismo, encima del tejadillo de un carromato o de una tienda.

Una mujer morena, de ojos penetrantes, se acercó a Nobby y, agarrándolo por los hombros, lo sacudió.

—Mira, mira lo que ha hecho tu chimpancé — dijo —. Cuando lo metiste en la jaula, seguro que no la cerraste bien y el bicho se salió y soltó a todos los monos. ¡Así reviente! ¡Como lo coja, le voy a arrear un escobazo que...!

—¿Dónde está Lucila? — preguntó Nobby, escapando de las garras de la enfurecida mujer —. ¿No puede encerrarlos?

—Lucila se ha marchado a la ciudad — bramó ella —. ¡Y buena se va a poner cuando se entere de esto!

—Bueno, deja a los monos en paz — replicó Nobby —. No le van a hacer daño a nadie. Esperarán tranquilamente a que vuelva Lucila.

—¿Quién es Lucila? — preguntó Ana, pensando que la vida en un circo era verdaderamente emocionante.

—La dueña de los monos — repuso Nobby —. ¡Eh, mirad, ya viene Lucila! Bueno, ya está todo solucionado.

Una apergaminada viejecilla se acercaba a toda la velocidad que le permitían sus piernas al campamento. Era muy semejante a sus simios, pensó Ana. Tenía los ojos vivos y penetrantes y sus manos, que sujetaban el rojo echarpe que la cubría, semejaban oscuras garritas.

—¡Se han escapado los monos! ¡Se han escapado los monos!

Lucila lo oyó y, levantando la voz, insultó al mundo entero, con un amplio y profuso vocabulario. Luego se quedó quieta, extendió los brazos y emitió algunas dulces «palabras mágicas», como más tarde afirmaría Ana, en un idioma que los niños desconocían.

Uno por uno, los traviesos animalillos fueron regresando en dirección a su ama, descolgándose de los tejados, de las carretas, y musitándole incomprensibles ternezas. Trepaban hasta los hombros de su dueña y se le colgaban de los brazos, estrechándose contra ella, como diminutos negrillos. Ni un animal rehusó acercarse. Todos acudían hacia Lucila, como arrastrados por un encantamiento.

Lucila se dirigió muy despacio a la jaula, murmurando las mismas dulces palabras. Los presentes contemplaban la escena en silencio.

—¡Qué «tipa» más rara! —le cuchicheó la mujer morena a Nobby—. No quiere a nadie más que a los monos. Y nadie más que los monos la quieren a ella. Ándate con mucho ojo, no vaya a ser que la tome ahora con tu chimpancé por haberle dejado escapar sus preciosos bichos.

—Me lo llevaré con la *Señorona* a tomar un baño —comentó apresuradamente Nobby—. Cuando volvamos, ya se le habrá olvidado la rabieta a Lucila.

Fueron a buscar al elefante y descubrieron al travieso *Pongo* escondido bajo un carromato. Tan de prisa como les fue posible, volvieron al lago, siguiendo el trotecillo de *Señorona,* que ansiaba ver llegar el momento del baño.

—Supongo que estas cosas pasan continuamente en un circo— dijo Ana—. No se parece en nada a la vida corriente.

—¿Ah, no? — preguntó Nobby, sorprendido —. A mí siempre me ha parecido normal.

El agua estaba fresca y todos se divirtieron nadando y chapuzándose. A *Pongo* no le gustaba adentrarse mucho, pero salpicaba a todo el que se ponía a tiro, riéndose y parloteando a voz en cuello. De un modo inesperado, se subió sobre la *Señorona* de un brinco y le tiró de una oreja. El animal, sorprendido, metió la trompa en el agua, la levantó sobre la cabeza y expulsó todo el líquido que aquélla podía contener sobre el desconcertado chimpancé.

Los muchachos se desternillaban de risa, retorciéndose al ver al aterrado *Pongo* escurrirse del lomo del elefante y caer al agua. El chapuzón fue monumental y el animal se mojó de pies a cabeza, cosa que odiaba con todas sus fuerzas.

—¡Te viene de perilla, bandido! —le gritó Nobby—. ¡Eh, *Señorona*, estáte quieta, que soy yo!

Mas el elefante, encantado del descubrimiento, no quería detenerse, de modo que los niños hubieron de mantenerse fuera de su alcance, ya que tenía un tino excelente.

—En mi vida había pasado un día más divertido —comentó Ana, mientras se secaba—. Creo que voy a soñar toda la noche con monos, chimpancés, elefantes, caballos y perros.

Para completar la jornada, Nobby dio, por lo menos, veinte volteretas, que *Pongo* imitó rápidamente, haciéndolo incluso mejor que su mismo amo. Ana probó a su vez, cayéndose al primer intento. Después, se encaminaron al campamento.

—Siento no poderos invitar al té —dijo Nobby—, pero ya sabéis que nosotros, los del circo, no acostumbramos tomarlo. Además, después de la comilona, no tengo ganas. ¿Y vosotros?

Se mostraron de acuerdo, y sólo se comieron los *toffees* caseros de la señora Mackie, invitando también a *Pongo* a probarlos.

Éste mordió el caramelo con fuerza y, ante el regocijo de los chiquillos, recibió una gran sorpresa al comprobar que no podía separar los dientes. El animal se sentó en el suelo, balanceándose de un lado a otro y gimiendo con angustia. Sin embargo, el caramelo se deshizo pronto y el perplejo chimpancé pudo al fin abrir la boca. Entonces se dedicó a chupar ruidosamente el resto, pero no quiso probar otro.

Los muchachos paseaban por el campamento examinando los distintos carricoches. Nadie se extrañaba ya de su presencia. Todos sabían que eran los amigos «finos» de Nobby. Algunos de los chiquillos más pequeños se asomaban a las carretas y les sacaban la lengua, aunque ante los chillidos de Nobby desaparecían en el acto.

—¡Son de lo más mal educado! —dijo Nobby—. Bueno, en el fondo, son buenos chicos.

En su paseo llegaron adonde se hallaban los vagones grandes, atestados con los adminículos del circo.

—Cuando estamos descansando, no tenemos que molestarnos en desempaquetar todo este montón de cosas —dijo Nobby—. Aquí no las necesitamos. En cambio, cuando va a haber función, uno de mis trabajos consiste en ayudar a colocar todos esos chismes. Hay que armar la lona, poner los bancos en su sitio y todo eso. Entonces sí que hace falta arrimar el hombro, os lo aseguro.

—¿Qué hay en ese carro?—preguntó Ana con curiosidad, acercándose a una vagoneta cubierta por una ajustadísima lona embreada.

—No tengo ni idea—replicó Nobby—. Ese carro es de mi tío, pero no me deja entrar en él. No sé qué tiene ahí metido. A veces he pensado si serían las cosas de mis padres. Ya os he dicho que murieron. Una vez que iba a mirar dentro, me cogió mi tío y por poco me estrangula.

—Pues yo creo que, si eran cosas de tus padres, tienen que ser para ti—opinó Jorge.

—Lo divertido es que, á veces, este carro aparece lleno hasta reventar y otras veces no. A lo mejor, también Lou guarda ahí algunas de sus cosas.

—Bueno. Ahora no parece que nadie pueda meter aquí ni un alfiler. Está atestado.

Al poco tiempo ya se habían olvidado del vagón y se dirigían a ver las «propi» del circo, como les llamaba Nobby.

Ana se imaginaba que se trataría del vestuario. Sin embargo, resultaron ser mesas y sillas doradas, los brillantes soportes de la cuerda floja, cascabeles de alegre colorido para los perros amaestrados y otras «propi» circenses del mismo tipo.

—Propiedades, Ana — corrigió Julián —, propiedades del circo. «Propi» es una mala abreviatura.

—Oye, ¿no se nos está haciendo demasiado tarde? Se me ha parado el reloj. ¿Qué hora es?

—¡Ahí va! ¡Claro que es tarde! — repuso Dick, mirando el suyo —. Son las siete. Por eso tengo un hambre tan feroz. Bueno, tenemos que dar la vuelta. ¿Te vienes, Nobby? Puedes cenar arriba con nosotros, si quieres. Supongo que, aunque se haga de noche, no te perderás por el camino.

—Me llevaré a *Pongo* y a los perros — contestó Nobby, encantado ante la invitación —. Y si yo me pierdo, seguro que ellos sabrán guiarme.

Se pusieron en marcha hacia la colina, agotados tras el largo y emocionante día. Ana iba pensando en qué prepararía de cena para toda la «tropa». Jamón, desde luego, y tomates y el licor de frambuesa disuelto en el agua helada del manantial.

Estaban llegando ya a sus viviendas, cuando oyeron los furiosos ladridos de *Tim*. Ladraba sin parar, con decesión y energía.

—Está enfadado — dijo Dick —. ¡Pobre *Tim*! Debe de estar pensando que le hemos hecho traición.

Se acercaron a los remolques. *Tim* se arrojó sobre Jorge como si hiciese un año que no la veía. Le daba la pata, la lamía, volvía a tenderle la pata... *Gruñón* y *Ladridos* parecían encantados de volverle a ver y *Pongo* se mostraba dichosísimo. Le estrechó la cola repetidas veces y pareció desencantado al ver que *Tim* no le prestaba demasiada atención.

—¿Eh, qué está royendo *Ladridos*? — exclamó de repente Dick —. ¡Carne cruda! ¿Cómo habrá llegado hasta aquí? ¿Habrá venido el granjero a traerle algo? ¿Y por qué *Tim* no se la habrá comido?

Contemplaron en silencio a *Ladridos*, que mordisqueaba un trozo de carne en el suelo. *Gruñón* también se acercó, pero *Tim* no quería aproximarse y se mantenía retirado, con la cola caída, al lado del chimpancé, quien, escondiendo su gesticulante cara entre las manos, también permanecía alejado.

—¡Qué extraño! —comentaban los chicos, asombrados del raro comportamiento de los dos animales. De pronto comprendieron muy bien lo que pasaba. El pobre *Ladridos* dio un terrible y súbito aullido, se estremeció de pies a cabeza y se desplomó sobre un costado.

—¡Cielo, está envenenada! —gritó Nobby, apartando a *Gruñón* de un puntapié de la carne. Levantó a *Ladridos* en sus brazos y los chiquillos, conmovidos, comprobaron que lloraba.

—Ya le ha hecho efecto —decía con voz entrecortada—. ¡Pobrecito *Ladridos*!

Llevando al perrillo en los brazos y seguido de *Gruñón* y *Pongo*, el apenado Nobby emprendió, tambaleándose, el camino hacia el campamento. Ninguno se atrevió a seguirle. ¡Carne envenenada! ¡Qué cosa más horrible...!

Capítulo XIII

JULIÁN IDEA UN PLAN

Jorge estaba temblando. Sus piernas se negaban a sostenerla y se dejó caer en el banco de piedra, abrazándose a su perro.

—¡Ay, *Tim*, esa carne era para ti! ¡Gracias a Dios, gracias a Dios que fuiste tan listo como para no tocarla! ¡Ahora estarías envenenado!

El perrazo daba lametones a su ama, como si pretendiera consolarla. Los demás los miraban mohínos, sin saber qué hacer. Pobre *Ladridos*, ¿moriría? ¿Y si hubiese sido *Tim*? Le habían dejado solo todo el día y podía haber comido la carne.

—Nunca, nunca más te dejaré aquí solo — repetía Jorge.

—¿Quién le echaría esa carne envenenada? — preguntó Ana, con un hilo de voz.

—¿Quién iba a ser? — le contestó su prima con voz áspera y burlona —. Lou y «Tigre Dan».

—Está claro que se han empeñado en que nos marchemos — dijo Julián —, pero, ¿por qué?

—Por lo menos es seguro que pretenden quitar a *Tim* de en medio, pero tampoco alcanzo a comprender el por qué — apuntó Dick.

—¿Qué puede haber aquí que haga desear a esos hombres que dejemos el campo libre? — se preguntaba Julián en voz alta —. Son unos verdaderos canallas. ¡Pobre Nobby! Ya es bastante horrible verse forzado a vivir con ellos. Y ahora van y encima le envenanan a su perro.

Aquella noche, nadie demostraba sentir mucho apetito. Ana sacó el pan, la mantequilla y un tarro de mermelada. Jorge no quiso ni probarlo. ¡Qué final más trágico para un día tan hermoso! Se acostaron pronto y nadie protestó cuando Julián les anunció que iba a cerrar los carromatos.

—No es que tema que vayan a volver esos dos tipejos, pero nunca se sabe...

Si vinieron o no, no lograron averiguarlo los chicos, pues, aunque por la noche *Tim* empezó de repente a ladrar y a arañar frenético la puerta cerrada, cuando Julián abrió la puerta y proyectó hacia afuera la luz de su linterna, no pudo ver a nadie.

Tim no volvió a ladrar. Se quedó muy tranquilo, si bien durmió el resto de la noche con una oreja en tensión. Entre tanto, Julián se agitaba en su cama, tratando de aclarar lo sucedido. Probablemente, Lou y «Tigre Dan» se habían acercado, amparados en la oscuridad, para comprobar si el perro había tomado el veneno y muerto. No obstante, al oírle ladrar, se habrían dado cuenta de que no le pasaba nada y entonces se habrían retirado a toda prisa .¿Qué pensarían hacer ahora?

«Hay algo muy raro detrás de todo esto — se repetía Julián una y otra vez —, pero ¿qué puede ser? ¿Por qué quieren que nos vayamos precisamente de este rincón?»

Por más que lo intentó, no consiguió imaginarlo siquiera, y, por fin, desistió, maquinando vagos proyectos. Ya se los expondría a los otros al día siguiente. Quizá pudiesen hacer pensar a Lou y a Dan que se habían ido a pasar el día fuera, con el perro. En realidad, él se quedaría escondido y, si Lou y Dan .se acercaban por allí, cabía en lo posible averiguar algo...

Julián se quedó dormido mientras calculaba su plan. Como los otros, soñaba con elefantes que le escupían agua encima, con *Pongo* que corría tras los monos, con los perros jugando al fútbol. De pronto, irrumpían en sus sueños extrañas imágenes de carnes envenenadas. ¡Era espantoso!

Ana se despertó sobresaltada, soñando que alguien había metido veneno en los huevos duros que iban a comer. Se arropó temblando en su litera y llamó a Jorge con una vocecilla apenas perceptible.

—¡Jorge, Jorge! He tenido una pesadilla horrible.

Jorge se levantó al tiempo que *Tim* se estiraba, desperezándose. La niña encendió una linterna.

—Yo también he tenido unos sueños horrorosos — exclamó —. Estaba soñando que esos dos hombres andaban tras de *Tim*. Voy a dejar la linterna encendida un rato y así podremos charlar, porque supongo que, con lo nerviosos que nos hemos sentido todo el día, estamos propensos para tener pesadillas. Menos mal que sólo son sueños.

—¡Guau! — concluyó *Tim*, empezando a rascarse.

—¡Quieto! — le gritó su ama —. Cuando te rascas de esa manera, sacudes toda la casa. ¡Estáte quieto!

El perro obedeció. Suspiró y se dejó caer pesadamente con la cabeza entre las patas, mirando a Jorge con ojos adormilados, como si le dijese: «Apaga la linterna, tengo sueño, quiero dormir.»

Al otro día no hizo tanto calor y el cielo apareció nuboso. Ninguno se sentía muy alegre, porque no lograban dejar de pensar en el pobre Nobby y en su perrillo. Se desayunaron casi en silencio. Luego, Ana y Jorge se dedicaron a apilar los platos para fregarlos en el manantial.

—Hoy iré yo a la granja — anunció Julián —. Tú, Dick, siéntate en el banco y coge los gemelos. Veremos si aparece Nobby a hacer la señal. Tengo la impresión de que hoy no querrá que bajemos, porque, si sospecha que su tío y Lou fueron los que pusieron la carne que envenenó a su perro, habrá tenido una buena trifulca con ellos.

Se dirigió a la granja con los dos cestos vacíos. La señora Mackie lo tenía todo preparado y el muchacho adquirió una completísima provisión de alimentos de delicioso aspecto. El regalo de la buena mujer consistió esta vez en un bizcocho de jengibre, que conservaba aún el calorcillo del horno. Mientras le pagaba, Julián preguntó:

—¿Vienen los de ese circo a comprar comida aquí?

—Algunas veces — repuso la granjera —. A mí no me importa despachar a las mujeres o a los niños, aunque están bastante sucios y de vez en cuando me desaparece algún pollo. Pero a los hombres no los soporto. El año pasado estuvieron por aquí dos tipos husmeando por todas partes. Mi marido tuvo que echarlos.

Julián agudizó el oído.

—¿Dos hombres? ¿Qué aspecto tenían?

—Muy desagradable. Uno de ellos tenía los dientes más amarillos que he visto en mi vida. Dos personas muy antipáticas. Vinieron de noche y supusimos que andarían tras nuestras gallinas. Sin embargo, ellos nos juraron que no venían por eso. Pero, ¿qué otra cosa podrían estar buscando en estos parajes y a esas horas?

—Pues... No sé, pero me lo puedo imaginar — contestó Julián, teniendo ya la completa seguridad de que los dos hombres a quien la señora Mackie se refería eran Lou y «Tigre Dan». ¿Por qué se dedicarían a recorrer de noche las colinas?

Al cabo de un rato recogió las provisiones y se marchó. Cuando se aproximaba al campamento, Dick lo llamó con voz excitada.

—¡Eh, Julián! Ven a mirar con los gemelos. Ahí están Nobby y *Pongo*, en la barca, pero no entiendo qué intentan decirnos.

Julián tomó los prismáticos y recorrió con la mirada la superficie del lago. Allá abajo se veía el botecillo de Nobby, quien, imitado por *Pongo*, agitaba en el aire una prenda de un rojo intenso.

—No distingo qué es lo que mueven, aunque eso me parece lo de menos —comentó el muchacho—. Lo principal es que han traído un trapo rojo, no blanco. Rojo significa peligro. Seguro que tratan de hacernos una advertencia.

—Claro, no se me había ocurrido. Si seré idiota, una cosa tan fácil. Rojo: peligro. ¿Qué pasará?

—Por lo pronto, ya sabemos que hoy será mejor que no bajemos al circo —dijo Julián—. Y además, cualquiera que sea el peligro. es bastante grande porque no sólo es Nobby el que agita una cosa roja, sino también *Pongo*. En una palabra, peligro doble.

—Julián, qué listísimo eres —afirmó Jorge, que estaba escuchando—. El único que ha aclarado todo este jaleo. Peligro doble... ¿Qué pasará?

—Quizá pretenda informarnos de que hay peligro en el circo y también aquí arriba —contestó éste, pensativo—. Ojalá el pobre Nobby esté en seguridad. «Tigre Dan» se porta con él como un salvaje. Estoy por afirmar que ya se ha llevado una paliza o dos desde ayer.

—¡Es vergonzoso! —exclamó Dick.

—No le digáis a Ana que hay moros en la costa, ¿eh? —cuchicheó Julián, al verla acercarse—. Se asustaría mucho. La pobrecilla estaba deseando pasar unas vacaciones tranquilas, sin complicaciones. Y creo que nos hemos metido en una sin saber cómo ni por qué. La verdad, estoy pensando que lo mejor sería que nos marchásemos a otra parte.

En realidad, no se mostraba excesivamente sincero,

ya que, en su fuero interno, deseaba con ardor aclarar el misterio que provocaba el curioso comportamiento de Lou y Dan. Al momento, los otros le abuchearon.

—¿Que nos vamos a ir? ¡No seas gallina, Julián!

—Yo no me marcho y *Tim* tampoco.

—Callaos de una vez, que viene Ana.

Nadie añadió una palabra más. Julián pudo ver aún durante unos momentos a Nobby. Luego el muchacho y el chimpancé se dirigieron a la costa y desaparecieron.

Cuando se reunieron todos en el banco, Julián expuso el plan que había elaborado la noche anterior.

—Siento gran curiosidad por saber qué es lo que atrae de esa forma a Lou y Dan. Estoy seguro de que hay algo, no lejos de aquí, que les hace desear librarse de nuestra presencia. Pues bien, supongamos que los cuatro, acompañados por *Tim*, bajamos al circo, que nos vamos todos a la ciudad a pasar el día. Después, vosotros tres os marcháis, efectivamente, pero yo regreso aquí en seguida y me escondo. Si Lou y Dan aparecen, me enteraré de qué es lo que andan buscando.

—O sea que fingimos como que nos vamos los cuatro, pero tú te quedas por aquí escondido — comentó Dick —. Claro..., no está mal la idea.

—Te escondes en algún sitio y esperas a que vengan esos hombres — dijo Jorge —. Bueno, pero, ¡por lo que más quieras, Julián!, procura que no te vean. No vas a tener contigo a *Tim* para que te eche una mano y entre esos dos podrían hacerte picadillo.

—Hombre, seguro que lo están deseando — añadió Julián, algo ceñudo —. De todas formas no tengáis miedo. Procuraré mantenerme bien oculto.

—¿Y por qué no vamos a echar una ojeada a ver si encontramos la cueva, o lo que sea que busquen esos dos tipos? Si ellos pueden encontrarla, nosotros también. ¿No os parece?

—No sabemos si se trata de una cueva — repuso Julián —. La señora Mackie me contó que ya el año pasado estuvieron rondando por aquí. Su marido los echó porque creía que andaban tras las gallinas, pero yo no opino lo mismo. Tiene que haber algo, algo más importante que atrae a esos dos y que es por lo que intentan obligarnos a marchar.

—¡Pues vamos a echar un vistazo! — exclamó Jorge, excitada —. Hoy tengo ganas de aventuras.

—¡Por Dios, Jorge! — replicó Ana, sin poder contener su nerviosismo.

Se levantaron y *Tim* los siguió, agitando la cola. Se sentía feliz al comprobar que sus amigos no trataban de abandonarlo también aquel día, dejándolo solo y de guardia, como los anteriores.

—Iremos por separado — determinó Julián —, hacia arriba, hacia abajo y a los lados. Yo iré hacia arriba.

Se separaron y cada uno tomó una dirección. *Tim*, naturalmente, iba con Jorge. Entre ambos exploraron la colina, buscando posibles cuevas o cualquier otro tipo de escondrijo. El perro oliscaba todas las madrigueras de conejo, sintiéndose también muy responsable y atareado.

Pasada una media hora, los niños oyeron gritar a Julián y se apresuraron hacia el campamento, pensando que habría tropezado con algo extraordinario. Sin embargo, no había nada nuevo. Simplemente, cansado de buscar, había decidido dejarlo. Cuando vio que todos se acercaban corriendo, preguntándole qué había encontrado, negó con la cabeza.

—Nada — dijo —, y ya estoy harto de investigar. Por aquí no hay ninguna cueva, eso seguro. ¿Habéis localizado vosotros algo?

—Ni rastro — repusieron todos, desanimados —. ¿Qué vamos a hacer ahora?

—Poner el plan en práctica — contestó Julián con rapidez —. Vamos a dejar que ellos mismos nos muestren lo que andan buscando. Vamos a bajar y, cuando estemos cerca, le gritaremos a Nobby que nos vamos a pasar el día fuera. Confiemos en que «Tigre Dan» y Lou nos oigan.

CAPÍTULO XIV

UN BUEN ESCONDRIJO

Descendieron por la colina, acompañados por *Tim*. Julián le había dado a Dick algunas instrucciones.

—Comeréis en la ciudad — le dijo — y os mantendréis todo el día apartados de aquí, para que esos dos tengan una oportunidad de acercarse. Podéis ir a la oficina de correos para preguntar si ha llegado alguna carta. De paso, podéis comprar alguna fruta en conserva, para variar de postre.

—A la orden, jefe. Y cuídese, viejo, que esos animales son bastante peligrosos — contestó Dick.

—Cuida de las niñas y no dejes que Jorge haga ninguna locura.

—¿Conoces a alguien capaz de impedirle a Jorge hacer lo que le venga en gana? — contestó el muchacho, sonriendo.

Se hallaban ya al pie de la colina. El campamento del circo no quedaba muy lejos. Desde allí se percibían los ladridos de los perros y el penetrante trompeteo de la *Señorona*.

Con la mirada buscaron a Nobby, pero no se le veía por parte alguna. ¡Vaya chasco! De nada serviría marchar a la ciudad con un plan tan cuidadoso si no podían comunicarle a Nobby que se iban.

Ninguno se atrevía a adentrarse en el campamento. Julián recordaba los dos paños rojos que habían enarbolado Nobby y *Pongo* como señal de peligro. ¡Peligro doble! No, indudablemente sería mejor no pisar el campamento aquella mañana. No sabiendo qué hacer, se decidió por llamarle.

—¡Nobby! ¡Nobby!

No hubo respuesta. Nobby no daba señales de vida. Entre tanto, el dueño del elefante les había oído gritar y se acercó.

—¿Buscáis a Nobby? — les dijo —. Voy a ver si lo encuentro.

—Gracias — contestó Julián.

El hombrecillo se alejó silbando. A los pocos minutos, de detrás de un carromato, surgió Nobby, amedrentado, confuso y pálido. Ni siquiera se atrevió a acercarse a Julián.

—¡Nobby, nos vamos a la ciudad a pasar el día! — le gritó éste a pleno pulmón —. Nos vamos...

De súbito, «Tigre Dan» apareció junto a su sobrino, asiéndole del brazo con fuerza. En un gesto instintivo, el muchacho lo levantó para protegerse la cara, como si temiese recibir un golpe. Julián siguió gritando impertérrito:

—¡Nos vamos a la ciudad y no volveremos hasta la noche! ¿Me oyes? ¡Nos vamos a la ciudad!

Todo el campamento debía haberse enterado de las palabras de Julián, pues éste estaba resuelto a que «Tigre Dan» lo oyera con toda claridad.

Nobby trató de soltarse de las manos de su tío y abrió la boca para responder algo. Dan no le dio tiempo. Se la tapó brutalmente y se lo llevó a rastras, sacudiéndole como un gato a un ratón.

—¿Cómo está *Ladridos*? — gritó Julián.

Pero Nobby ya había desaparecido en el interior de la

carreta de su tío, arrastrado por éste. El dueño del elefante contestó por él:

—Mal — dijo —. Aún no se ha muerto, aunque está casi a punto. En mi vida he visto a un bicho tan enfermo. Nobby está desesperado.

Los muchachos se alejaron. Jorge tuvo que sujetar al perro durante todo el tiempo, pues tan pronto como vio a Dan empezó a gruñir, intentando escapar al control de su ama.

—Menos mal que no se ha muerto — dijo Ana —. Ojalá que se cure pronto.

—No sé si tendrá esa suerte — contestó Julián —. Esa carne debía de estar bien empapada de veneno. ¡Pobrecillo Nobby! ¡Qué horrible debe ser vivir bajo las garras de un tipo como ése!

—No me lo puedo imaginar de payaso, al «Tigre Dan», quiero decir — comentó Ana —. Los payasos son siempre tan divertidos, tan alegres y tan simpáticos...

—Bueno, eso es cuando actúan — la atajó Dick —. Un *clown* no tiene por qué ser lo mismo en la pista que fuera de ella. Si miras fotos de payasos cuando no están disfrazados, verás qué caras más largas tienen todos.

—Sí, pero es que «Tigre Dan» no tiene la cara larga, ni triste. La tiene repugnante, fea, cruel, salvaje, diabólica... — contestó Ana, con una fogosa indignación, haciendo reír a sus compañeros.

Mientras se dirigían a la parada del autobús que llevaba a la ciudad, Dick se volvió para comprobar si alguien los seguía.

—Lou nos está espiando — dijo —. ¡Estupendo! Oye, Julián, ¿crees que se verá la parada desde donde él se encuentra?

Éste se volvió.

—Sí, seguro. Además, ya procurará mantenerse bien atento para cerciorarse de si nos vamos todos. Mejor será que yo también coja el autobús y me baje en la primera parada. Luego regresaré por algún atajo, para que no me sorprenda.

—Muy bien — contestó Dick, encantado de hacerle una jugarreta a Lou —. Vamos, que ya está ahí. Tendremos que correr para cogerlo.

Montaron los cinco en el vehículo. Lou, allá a lo lejos, continuaba al acecho. Dick sintió la tentación de volverse para dirigirle algunos gestos de burla, pero logró contenerse a tiempo.

El autobús arrancó. Los niños pagaron tres billetes hasta la ciudad y uno hasta la parada más próxima. Adquirieron también un billete para *Tim*, quien lo ostentaba con orgullo en el collar. Le encantaba viajar en autobús.

Julián se apeó en la primera parada.

—Bueno, hasta la tarde — les dijo —. Cuando volváis, dejad que vaya *Tim* delante, por si ésos siguen rondando aún. A lo mejor a mí me resulta imposible avisaros.

—Muy bien — contestó Dick —. ¡Adiós y buena suerte!

Julián agitó la mano en señal de despedida y se volvió por la misma carretera que acababan de recorrer. Tropezó con un senderillo que subía por la ladera y decidió tomarlo. Pasaba muy cerca de la granja de los Mackie, con lo que en seguida pudo orientarse. Pronto llegó a los remolques y se preparó unos bocadillos para llevárselos a su escondite, cortando también un pedazo de bizcocho, por si la espera se tornaba demasiado larga.

«¿Dónde me esconderé? — pensaba el muchacho —. Tiene que ser algún sitio desde el cual pueda dominar el camino. Así descubriré a los hombres tan pronto como suban. Además, tendrá que verse también esta plataforma para enterarme de lo que hacen.» ¿Dónde estaría mejor? ¿En un árbol? No. No había ninguno lo suficientemente frondoso ni lo bastante cerca como para que le sirviese. ¿Detrás de un matorral? No, sería muy fácil que los hombres diesen la vuelta y le vieran. ¿Qué tal estaría meterse entre unos tojos? Sí, ésa era una buena idea. No obstante, el muchacho tuvo que desistir de su propósito, dado que el arbusto tenía demasiado espesor para intentar meterse dentro de él y, además, le arañaba las piernas y brazos de un modo terrible.

«¡Caramba! Pues tengo que encontrar pronto un lugar apropiado o van a llegar antes de que esté escondido.»

De repente tuvo una inspiración que le hizo esponjarse de orgullo. ¡Ya lo había encontrado! ¡El escondite ideal!

«Me subiré al tejado de uno de los remolques — pensó —. Nadie me verá ahí arriba y ni se les ocurrirá pensar que pueda haber alguien escondido ahí. Ésta sí que es una buena idea. Disfrutaré de una buena vista sobre el camino, y de un asiento de primera fila sobre estos tipos y todo lo que hagan.»

Sin embargo, topó con algunas dificultades para encaramarse al tejado. Tuvo que buscar primero una cuerda, hacer en ella una lazada y engancharla a la chimenea. Por fin lo logró y la cuerda quedó preparada para trepar por ella. Lanzó entonces sobre el tejado su paquete de comida y subió luego, recogiendo la cuerda y arrollándola a su lado. Después se tendió con objeto de asegurarse de que nadie podría vislumbrarle desde abajo, aunque, naturalmente, si los hombres subían por la ladera a mayor altura que la plataforma, sí que lo descubrirían. No obstante, no tenía más remedio que correr el riesgo.

Siguió tendido, quieto, observando el lago y el camino, con los ojos y los oídos bien abiertos por si alguien se acercaba. Dio gracias al cielo porque el día no hubiese amanecido muy caluroso, pues, de haber ocurrido así, se habría asado sobre aquel tejadillo. Lamentó no haber tomado la precaución de traerse una botella de agua por si tenía sed.

Contempló las columnas de humo que se alzaban muy

abajo, en el campamento del circo, y un par de barquitas que surcaban el lago. «Gente pescando», pensó el muchacho. Una pareja de conejos jugueteaban no lejos de su posición. El sol se asomó entre las nubes y lució unos diez minutos. El muchacho sentíase abrasado. Por fortuna, se ocultó y pronto notó un gran alivio.

De pronto escuchó un silbido y se quedó tenso, esperando..., pero no era más que alguien de la granja que bajaba por la colina, a bastante distancia, aunque el silbido había resonado claramente en el silencioso paraje. Julián estaba muy aburrido. Los conejos se habían marchado y no se veía ni una mariposa. Tan sólo un pequeño verderol, en la cima de un arbolillo, repetía un sonsonete monótono y exasperante. De súbito el pájaro, alarmado al parecer, salió volando. Había percibido algo que lo había puesto en alerta. También Julián podía oírlo ahora y exploraba con ansiedad el camino que conducía a la colina. El corazón, golpeteaba con fuerza dentro de su pecho. De pronto divisó a dos hombres. ¿Serían Lou y Dan...? Aunque no se atrevió a asomar la cabeza cuando se acercaron, por si lo descubrían, comprobó por sus voces que sí lo eran. Efectivamente, no había modo de confundir aquellas voces ásperas y desagradables. Los hombres penetraron en la plataforma y el muchacho pudo distinguir sus palabras.

—Pues es verdad que no hay nadie. Los críos se han largado por fin y se han llevado a ese maldito chucho.

—Ya te dije que les vi coger el autobús esta mañana, con perro y todo — refunfuñó Lou —. Se quedarán fuera todo el día, así que podemos coger lo que queramos.

—Pues, ¡hala! Vamos por ello.

Julián esperaba que emprenderían la marcha de nuevo, pero no se movieron de la explanada. Al parecer permanecían allí al lado, junto a las viviendas. El muchacho no osaba aproximarse al borde para ver lo que hacían, aunque se alegró de haber echado las contraventanas y cerrado bien las puertas.

En aquel momento empezó a oír unos extraños jadeos, algo así como si dos personas resoplaran. La carreta sobre la que Julián se encontraba se movió un poco.

«¿Qué estarán haciendo?», se preguntaba el muchacho, intrigado. Movido por una irresistible curiosidad, se arrastró hasta el borde del remolque y miró hacia abajo, aunque se había hecho el firme propósito de no hacerlo.

Recorrió el contorno con la vista. No había nadie. Quizás estuviesen al otro lado. Cuidadosamente se arrastró hasta el borde opuesto y se asomó con idénticas precauciones sobre el otro costado de la vivienda, que aún se movía un poco, como si los hombres estuviesen empujándola. ¡Al otro lado tampoco había nadie! ¡Qué extraño...! ¡Claro! Se habían metido debajo del remolque. ¡Debajo...!, se repetía el muchacho cada vez más asombrado, volviendo a ocupar el centro del tejadillo. Pero, ¿por qué? ¿A qué extraña faena se dedicaban?

Puesto que desde donde él se hallaba resultaba imposible mirar debajo del carromato, tuvo que contenerse con suposiciones. Los dos hombres gruñían y resoplaban y parecía como si estuviesen escarbando o arañando algo. Sin embargo, nada podía comprobar. En aquel momento, Julián los oyó salir de debajo de su escondrijo, profiriendo exclamaciones de ira y desilusión.

—Vamos a echarnos un pitillo—decía Lou con su desagradable voz—. Estoy hasta la coronilla de esto. Habrá que apartar esta maldita carreta. ¡Condenados mocosos! ¡Para qué cuernos irían a escoger precisamente este sitio!

Julián oyó el rascar de una cerilla y hasta él llegó el aroma de los cigarrillos. Luego, algo le hizo estremecerse. ¡La carreta se movía! ¡Cielos! ¿Pretendían aquellos individuos arrojarla por el borde de la plataforma, colina abajo?

CAPÍTULO XV

SUCEDEN MUCHAS COSAS

Julián se sentía invadido por el pánico. Se preguntaba si no sería mejor dejarse caer del tejado y echar a corer. Si el carricoche caía dando volteretas por aquella empinada ladera, no se le ofrecían muchas posibilidades de escapar con bien. No obstante, no se movió, sino que se aferró con ambas manos a la chimenea, mientras los hombres seguían empujando su escondite. Lo trasladaron casi hasta el borde, pero allí se detuvieron. Julián notó que la frente se le humedecía y las manos le temblaban violentamente. Y aun sintiéndose avergonzado de tener tanto miedo, no podía evitarlo.

—¡Eh, tú, no la vayas a tirar por el terraplén! — oyó decir a Lou. La calma renació en su espíritu. Resultaba evidente que no pensaban destruir de aquel modo la vivienda. Se habían limitado a moverla a fin de alcanzar algo que estaba debajo. ¿Qué podría ser? Julián se estrujaba el cerebro, tratando de localizar en su memoria el aspecto que presentaba el suelo, mientras *Dobby* y *Trotón* arrastraban sobre él los remolques. Todo lo que podía recordar era un prado vulgar y corriente cubierto de plantas y matojos.

Los hombres volvieron a arañar junto a la parte trasera de la carreta. El muchacho estaba recomido de curiosidad, pero no se atrevía a moverse. Ya se enteraría del misterio cuando los hombres hubiesen abandonado el lugar. Entre tanto, tendría que mostrarse paciente y esperar o lo echaría todo a perder... Comenzaron a sonar unos murmullos, en voz tan baja que no logró entender de lo que hablaban. Luego se hizo el silencio, un silencio repentino y profundo. Cesaron los golpes contra el remolque..., cesaron los gruñidos y los jadeos... No se oía nada.

Julián seguía inmóvil. Quizá los hombres continuasen allí y no quería delatarse. Se mantuvo en la misma postura un largo rato, esperando, haciéndose preguntas, sin conseguir aclarar sus dudas.

Al poco rato, un petirrojo se posó en unas zarzas cercanas, se aseó las plumas, estiró las alas y empezó a buscar migas. Era un pajarillo que rondaba el campamento todos los días, acechando a los niños mientras comían. No se confiaba demasiado y nunca se acercaba hasta que los chiquillos se habían ido. Al poco rato, apareció también un gazapillo que, saliendo de su madriguera de la colina, se puso a corretear por toda la plataforma.

«Bueno — pensaba el muchacho —. Si estos animales se pasean por aquí tan tranquilos es señal de que no están los hombres, cuando menos a la vista... Otro conejo... ¡Vaya! Seguro que esos dos se han metido en algún sitio. ¡Aunque sólo Dios sabe dónde! Yo creo que podría echar un vistazo sin peligro alguno.»

Se dio la vuelta, siempre arrastrándose, y se asomó por la parte trasera de la carreta. En el suelo no había ningún indicio que le sirviera para indicarle lo que los hombres habían estado haciendo o adónde se habían dirigido. El brezo crecía por allí en profusión, como en todas partes. Nada señalaba el objeto de los esfuerzos de aquellos dos individuos.

«¡Qué cosa más rara! — se repetía el chico, empezando a dudar de si no habría soñado toda la escena —. Los hombres se han ido. Juraría que se han esfumado en el aire.

De otro modo, no me lo explico. ¿Habrá peligro en bajar a echar una ojeadita? No, no. Hay que ser sensato. Esos tipos pueden aparecer en cualquier momento y está bien claro que se pondrían como fieras si me encontrasen aquí. Entonces sí que me tirarían por ahí abajo y, la verdad, no me apetece demasiado. Está bastante empinado.»

Así, pues, continuó allí tumbado, pensando. Se sentía hambriento y muerto de sed. Menos mal que había tenido la previsión de llevarse comida a su escondrijo. Por lo menos, podría tomar alguna cosilla hasta que volviesen los hombres, ¡si es que volvían! Empezó a comerse los bocadillos, que le supieron a gloria. Los terminó y la emprendió con el bizcocho. También estaba muy rico. Se había traído además unas cuantas ciruelas. Ahora se alegraba de ello, pues le servirían para apagar la sed. Sin pensar lo que hacía, empezó a tirar los huesos al suelo.

Cuando advirtió su descuido, se lamentó una y otra vez. Pero, ¿cómo se le habría ocurrido una cosa semejante? Si los hombres regresaban y veían en el suelo los despojos de la fruta, podrían darse cuenta de que eran recientes, de que no estaban allí antes... Por suerte, la mayoría habían caído entre los matorrales.

El sol volvió a salir durante un rato y Julián se sofocó de nuevo. ¡Ojalá apareciesen aquellos hombres de una vez y se marchasen, dejándole tranquilo! Estaba cansado de permanecer en aquella postura, yaciendo sobre el duro tejado. Y además tenía muchísimo sueño. Bostezó silenciosamente y cerró los ojos.

No supo cuánto tiempo había pasado durmiendo. Despertó, sobresaltado, al sentir que el carromato se movía. Se aferró, asustado, a la chimenea, prestando atención a las palabras que ambos hombres murmuraban.

Estaba empujando la vivienda, con objeto de volver a colocarla en su sitio primitivo. Cuando hubieron terminado, Julián oyó el rascar de una cerilla y percibió de nuevo el olor del tabaco. Los hombres se dirigieron al banco de piedra y, sentándose sobre él, se dispusieron a despachar la comida que se habían traído. El muchacho, aun a sabiendas de que le daban la espalda, no se atrevía a asomarse para observarlos. Después de comer cuchichearon durante un largo rato y, luego, para desesperación de Julián, se tumbaron para dormir. A los pocos minutos, escuchaba sus pacíficos ronquidos.

«¿Es que voy a tener que quedarme aquí tumbado todo el día? — pensaba —. Estoy molido de pasar tanto tiempo sin moverme. Necesito sentarme por lo menos.»

Los ronquidos continuaron y el muchacho imaginó que no pasaría nada aunque se incorporase, puesto que los hombres se hallaban bien dormidos. Así, pues, se enderezó con cautela y se estiró respirando de alivio.

Echó una mirada en dirección a los hombres, que dormían panza arriba, con la boca abierta. A su lado aparecían dos sacos fuertes y gruesos. Julián trató de imaginar en qué consistía su contenido.

Estaba seguro de que, cuando subieron hasta allí, no los traían. Pensativo, examinaba toda la ladera, tratando de encontrar una solución al misterio de la desaparición de aquellos dos hombres, cuando algo le hizo estremecerse... No pudo evitar mirar con fijeza, como si no pudiese dar crédito a sus ojos.

Un rostro feo y rechoncho se dejaba entrever en medio de unos zarzales. Apenas tenía nariz, pero poseía una boca inmensa. ¿Quién podría ser? ¿Sería alguien que se dedicaba a espiar a Lou y Dan? ¡Qué cara más horrible! No parecía pertenecer a un ser humano.

El desconocido alzó una mano para rascarse el rostro y Julián observó que era oscura y peluda. Al hacer un movimiento, comprendió de pronto, espantado, que se trataba de *Pongo*, el chimpancé. Ahora se explicaba por qué le había parecido tan inhumano aquel rostro. Para un chimpancé resultaba bastante agraciado, pero, en un ser humano, hubiera sido monstruoso.

Pongo miraba en actitud solemne a Julián y éste lo contemplaba a su vez con el alma en un hilo. ¿Qué estaría haciendo *Pongo* por allí? ¿Vendría Nobby con él? Si así era, el muchacho se encontraba en peligro, puesto que, en cualquier momento, los hombres podrían despertarse. No sabía qué hacer. Si gritaba para avisar a Nobby, despertaría a los dos hombres.

Indudablemente, el animal se alegraba de ver a Julián y no parecía extrañarle en absoluto que estuviese subido al techo del carromato. Al fin y al cabo, también él se paseaba muy a menudo por sitios como aquél. Hizo guiños y muecas al muchacho y luego se entretuvo un largo rato en rascarse la cabeza.

De súbito, apareció junto a él la cara de Nobby. Una cara hinchada, llena de magulladuras y de chafarrinones producidos por las lágrimas. Cuando divisó a Julián en aquel insólito lugar, abrió la boca como si fuese a llamarlo, pero éste denegó frenético con la cabeza para impedírselo y señaló hacia abajo, intentando avisar a su compañero de la presencia de sus dos enemigos. Sin embargo, éste no llegó a entenderle. Le sonrió y Julián vio con horror que empezaba a subir por la ladera, en dirección al banco de piedra. El inconsciente chiquillo iba a trepar, materialmente, por encima de los hombres que continuaban durmiendo.

—Cuidado, cuidado, cabezota—cuchicheó en voz baja, aunque perentoria.

Ya era demasiado tarde. Nobby se izó sobre el borde del banco y comprobó, aterrado, que a pocos centímetros de él apareció el cuerpo de «Tigre Dan». Dejó escapar un chillido y trató de huir, pero Dan, rápido como una flecha, se enderezó, enganchándole con una mano. Lou también se había despertado. Los dos hombres examinaron de pies a cabeza al pobre chiquillo, que empezó a temblar y a pedir perdón.

—¡No sabía que estabais aquí, os lo juro! ¡Por favor, dejadme marchar, dejadme marchar! Sólo venía a buscar una navaja que perdí ayer aquí.

Dan lo sacudió por los hombros con salvaje furia.

—¿Cuánto tiempo llevas ahí? ¿Nos has estado espiando?

—¡No, no! ¡Acabo de llegar ahora mismo! He estado en el campamento toda la mañana. Puedes preguntarle a Larry y Rossy, les he estado ayudando.

—Tú has estado espiándonos, eso es en lo que te ocupas — afirmó Lou, con una voz tan dura y tan cruel que llenó de pánico a Julián —. Ya te has llevado esta semana unas cuantas «sobas», pero al parecer no te has quedado conforme. Bueno, aquí nadie te va a oír aunque chilles. Ahora verás lo que es una buena paliza. Si después de esto puedes bajar tú solo hasta el campamento, me llevaré una sorpresa.

Nobby estaba aterrorizado. Les pidió perdón, les prometió hacer cuanto ellos quisieran y trató de defender su pobre cara hinchada de los golpes de su tío.

Julián ya no podía soportar por más tiempo aquella brutal escena. Aunque no quería denunciar el hecho de que había sido él quien les había estado espiando, ni deseaba en absoluto enfrentarse con aquellos dos salvajes, conociendo de antemano que llevaba todas las de perder, se sentía incapaz de seguir allí, callado, viendo como aquellos brutos maltrataban a su amigo. Se hizo el ánimo de saltar del tejado sobre los hombres. De este modo, protegido por la sorpresa, quizá lograse rescatar de sus manos al pobre muchacho.

Nobby profirió un angustioso grito al sentir el golpe de la correa de Lou, mas, antes de que Julián llegase a saltar para acudir en su socorro, alguien se abalanzó

hacia ellos con el mismo propósito. Un ser que enseñaba los dientes, entre espantosos rugidos de rabia, alguien cuyos brazos eran mucho más fuertes que los de Lou o Dan, alguien que adoraba al maltrecho chiquillo y que no estaba dispuesto a consentir que fuese azotado una vez más. Era *Pongo*, el chimpancé. Escondido entre los matorrales, por temor a Lou y «Tigre Dan», el inteligente animal había permanecido observando la escena con sus agudos ojillos. Al oír los gritos de Nobby, saltó fuera de su escondrijo y se lanzó como una catapulta sobre los atónitos bribones.

Dio una fuerte dentellada en el brazo de Lou, mordiendo a continuación la pierna de Dan. Los dos hombres chillaban mucho más fuerte de lo que el pobre Nobby lo había hecho. Lou sacudió la correa y alcanzó al animal en el hombro. El chimpancé emitió una especie de chirrido muy agudo y se precipitó sobre Lou con los brazos abiertos. Lo estrechó contra él y trató de morderle en el cuello.

«Tigre Dan» descendía corriendo a toda velocidad por el terraplén, acobardado ante la súbita aparición del furioso animal. Lou suplicó a Nobby:

—¡Llámale, chico, me va a matar!

—¡*Pongo*! — gritó Nobby —. ¡Para! ¡*Pongo*, ven aquí!

El animal le dirigió una mirada de sorpresa. No podía comprender por qué su amo no le dejaba castigar a aquel monstruo que le había pegado. «Bueno — parecía decir —, si tú lo quieres, por algo será.» Y asestando a Lou un último golpe, sin poder contenerse, le dejó marchar.

Lou siguió a Dan, descendiendo a galope tendido la ladera de la colina. Julián le oyó bajar rompiendo los arbustos a su paso, como si lo persiguiese una manada de chimpancés furiosos.

Nobby, aún temblando, se sentó en el suelo. *Pongo*,

que no se sentía muy seguro de si su amo estaba o no
enfadado con él, se acercó encorvado, apoyándole una
mano en la rodilla. Nobby le echó el brazo encima del
hombro y el cariñoso animal comenzó a parlotear con
alegría. Julián se deslizó del tejado del remolque y se
aproximó a Nobby, sentándose también a su lado. Rodeando al tembloroso muchacho con sus brazos, lo estrechó con fuerza.

—Ya bajaba yo a echarte una mano, cuando *Pongo*
se disparó y no me dejó intervenir — le dijo.

—¿De veras? — exclamó Nobby, con el rostro encendi-
do y los ojos brillantes de alegría —. Eres un amigo de
verdad, tan bueno como *Pongo*.

Y Julián se sintió muy orgulloso al ser equiparado en
valor a un chimpancé.

Capítulo XVI

UN SORPRENDENTE DESCUBRIMIENTO

—¡Escucha, alguien viene! —dijo Nobby.

Pongo emitió un sordo gruñido. Se oían voces de personas que se acercaban. Luego ladró un perro.

—No pasa nada, son los nuestros y *Tim*—lo tranquilizó Julián, inefablemente dichoso de que volviesen. Se puso en pie y les gritó—: Adelante, no hay moros en la costa.

Jorge, Dick, Ana y *Tim* aparecieron corriendo por el camino.

—¡Hola! —gritó Dick—. Ya sabíamos que no había peligro, porque hemos visto a Lou y a Dan allá lejos, corriendo al pie de la colina... ¡Hombre, pero si está *Pongo*!

El chimpancé le tendió la mano y se encaminó acto seguido hacia *Tim* para estrecharle la cola. Esta vez, sin embargo, halló a *Tim* prevenido. Dio la vuelta y le alargó la pata. Resultaba muy curioso ver a dos animales saludándose con tanta solemnidad.

—¿Qué hay, Nobby? —preguntó Dick—. ¡Caramba! ¿Qué te ha pasado? Parece como si vinieras de la guerra.

—Pues, casi, casi —contestó el muchacho con una imperceptible mueca. Todavía se sentía asustado y no se había repuesto por completo.

El chimpancé se acercó a Ana y trató de abrazarla.

—*Pongo*, no me aprietes de esa manera, por favor —protestó ésta—. Oye, Julián, ¿ha pasado algo? ¿Vinieron esos dos? ¿Hay alguna novedad?

—Ya lo creo, muchas—contestó éste—. Pero antes de nada voy a tomarme un buen trago. No he probado ni una gota de líquido en todo el día. Dadme un poco de jengibre.

—Todos estamos resecos. Traeré cinco botellas, digo, seis, porque supongo que a *Pongo* también le gustará.

En efecto, resultó que a *Pongo* le encantaba el jengibre. Se sentó con los chicos en el banco de piedra y cogió el vaso que le tendía Ana, igual que un niño. *Tim* pareció algo celoso en principio, mas, como a él no le gustaba el jengibre, reconocía que no existía motivo para armar un escándalo.

Julián empezó a referir a sus hermanos y a su prima cuanto había ocurrido. Como se había escondido en el tejado, como habían llegado los dos hombres y se habían metido debajo de las viviendas y después las habían cambiado de sitio... Todos le escuchaban con los ojos dilatados de asombro. ¡Menuda historia!

Luego tomó la palabra Nobby.

—Entonces llegué yo y casi meto la pata y lo estropeo todo—comentó, cuando Julián hubo contado que los hombres se quedaron dormidos después de comer y empezaron a dar ronquidos—. Pero es que venía a advertiros. Lou y Dan han jurado que envenenarán a *Tim* como sea, aunque tengan que dormirlo primero y llevárselo al campamento para hacerlo, o partirle la cabeza de un golpe.

—Que lo intenten—exclamó Jorge, con voz agresiva, colocando su brazo en ademán protector sobre el cuello de su perro. En el acto, *Pongo* imitó su gesto.

—Y dijeron que os iban a estropear los carricoches. A lo mejor quieren quemarlos...—añadió Nobby.

Los cuatro chiquillos se miraron consternados.

—No se atreverán a hacer una cosa así — afirmó Julián —. Tendrían que vérselas con la policía.

—Yo sólo os digo lo que les oí a ellos — continuó el muchacho —. Vosotros no conocéis a Lou y a «Tigre Dan» como yo. No se asustan por nada cuando quieren conseguir una cosa, aunque tengan que hacer lo que sea para apartar a cualquiera de su camino. Ya intentaron una vez envenenar a *Tim*, ¿no os acordáis? Y el pobrecillo *Ladridos* fue quien pagó las consecuencias.

—¿Qué... qué tal está... está... bien? — tartamudeó Ana.

—No — contestó Nobby —. Creo que se está muriendo. Se lo he dejado a Lucila para que lo cuide. Es una maga para los animales enfermos. He dejado a *Gruñón* con los otros animales. Así estará más seguro.

Apenas miraba a sus amigos. Le temblaban los labios y sorbía con fuerza, como si estuviese constipado.

—No me atrevo a volver — musitó en voz apenas perceptible —. No me atrevo. Si bajo, me matarán.

—No te preocupes, esa cuestión ya está resuelta — le atajó Julián en tono jovial —. Te quedas con nosotros. A todos nos encantará tenerte con nosotros. Fue un gesto maravilloso por tu parte que te arriesgaras a avisarnos y una mala pata que te cogieran por nuestra culpa. Eres nuestro amigo y no nos separaremos.

Emocionado, Nobby no alcanzó a decir palabra, pero su rostro resplandeció. Se frotó los ojos con sus no muy limpias manos e hizo su mueca de siempre. Sacudió la cabeza, sin atreverse a hablar, y todos los niños se sintieron conmovidos. ¡Era un gran muchacho!

Una vez acabadas sus cervezas, Julián se levantó.

—Bueno, ahora vamos a ver si averiguamos de una vez dónde se metieron esos tipos. ¿Os parece?

—Sí, sí — afirmó Jorge, que ya llevaba demasiado

rato quieta y callada —. Es preciso que nos enteremos cuanto antes. ¿Tenemos que meternos debajo de las carretas, Julián?

—Me temo que sí — contestó éste —. Tú quédate ahí tranquilamente, Nobby, y si ves a Lou o a Dan, avísanos.

Julián suponía que los dos bribones no tenían la menor intención de volver por el momento, pero se había dado cuenta de que el chiquillo necesitaba reposar y tranquilizarse un poco. Sin embargo, él opinaba de otro modo. ¡Quería compartir con sus amigos la aventura!

—Ya hace *Tim* la guardia y *Pongo* también. Ellos oirán a todo el que se acerque en un kilómetro a la redonda. Yo voy con vosotros.

Los demás se mostraron de acuerdo. Se arrastraron por el estrecho espacio que quedaba entre el fondo de las carretas y el suelo, ansiosos de descubrir cualquier cosa de que se tratara.

Sin embargo, les resultó imposible explorar entre aquella vegetación con el remolque sobre sus cabezas. No había sitio ni para moverse. Lo mismo que Lou y Dan habían hecho anteriormente, decidieron separar el remolque.

Necesitaron todas sus fuerzas, e incluso la ayuda de *Pongo*, para mover lo indispensable el pesado carruaje. En seguida se arrodillaron, rebuscando entre la densa alfombra de matorrales. Los matojos fueron sencillos de arrancar, ya que los hombres debían de haberlos removido aquella mañana y apenas estaban prendidos. Los muchachos limpiaron de vegetación un cuadrado como de metro y medio de lado. Entonces descubrieron algo extraño.

—Mirad, hay unas tablas ahí debajo.

—Están entrecruzadas, muy juntas. ¿Para qué servirán?

—Vamos a quitarlas.

Una a una fueron levantando las tablas, apilándolas

después a un lado. Al fin quedó al descubierto lo que ocultaban: la boca de un hondo agujero.

—Será mejor que vaya a buscar la linterna—opinó Julián.

Su luz les mostró un profundo hoyo que penetraba en la colina, con unos toscos escalones tallados en una de las paredes. Todos se asomaron a los bordes, mirando con asombro y excitación.

—Y pensar que fuimos a colocar nuestras viviendas justo sobre la entrada del escondite de esos dos pillos —comentó Dick—. Ahora me explico que se mostrasen tan furiosos al principio y que luego se volviesen tan amables para convencernos de que acampásemos abajo en lugar de aquí.

—¡Córcholis! —exclamó Julián, esforzando los ojos hacia la oscuridad del fondo—. De manera que era aquí adonde venían esos dos. ¿Adónde irá a parar este túnel? Dan y Lou estuvieron abajo muchísimo tiempo. Y como tuvieron la astucia de tapar la boca del hoyo con las tablas y echaron esos hierbajos por encima, por eso no descubrí el agujero.

De pronto a *Pongo* se le metió en la cabeza explorar el agujero y allá se fue, palpando los escalones con sus peludos pies y haciendo muecas a los chiquillos. Al llegar al fondo, desapareció y, pese a la linterna de Julián, lo perdieron de vista.

—¡Eh, *Pongo*! ¡Que te vas a perder ahí abajo! —le gritó Nobby con ansiedad. Mas el chimpancé ya se había marchado.

—¡Maldita sea! —exclamó Nobby—. Como se ponga a dar vueltas por ahí abajo, no sabrá encontrar la salida. Tengo que ir a buscarlo. ¿Puedes prestarme la linterna, Julián?

—Te acompañaré —resolvió éste—. Jorge, tráeme tu linterna, ¿quieres?

—Está estropeada — contestó la niña —. Anoche se me cayó y por aquí no creo que haya donde pedir una.

—¡Vaya complicación! Me gustaría bajar a explorar esta cueva, pero con sólo una linterna, no es posible. Bueno, bajaré con Nobby a buscar a *Pongo*, echaremos una ojeada rápida y volveremos en seguida. A lo mejor encontramos algo abajo que merece la pena verse.

Nobby descendió el primero y Julián lo siguió, contemplados con envidia por los otros tres que se asomaban al pozo. Al fin, desaparecieron también.

—¡*Pongo!* — chillaba Nobby —. ¡*Pongo*, ven aquí, no seas idiota!

El animal no se había alejado en exceso. La oscuridad reinante no le satisfacía y se acercó a Nobby tan pronto como vio la luz de la linterna.

Los muchachos miraron a su alrededor. Se hallaban en un estrecho corredor, que se ensanchaba según se iba adentrando en la colina.

—Tiene que haber cuevas por algún lado — dijo Julián, recorriendo las paredes con el haz de luz de la linterna —. Sabemos que de esta colina brotan muchos manantiales. Yo diría que, a lo largo de los siglos, el agua ha ido desgastando y arrastrando esta tierra blanda y ha ido formando túneles y cavernas por todas partes. Y en alguna de esas cuevas es donde Lou y Dan van reuniendo las cosas que no desean que nadie vea. Probablemente cosas robadas.

El pasadizo desembocaba en una pequeña gruta que parecía no contar con otra salida. Julián iluminó de arriba abajo las paredes. No descubrió nada especial en ellas. Por fin, en uno de los lados vieron una especie de peldaños y, siguiéndolos, comprobaron que conducían hasta un agujero practicado en el techo, originado quizá por el agua muchísimos siglos atrás.

—Subiremos por ahí — dijo Julián —. Ven.

—Espera —lo detuvo Nobby—. ¿No te parece que la luz de la linterna se está volviendo muy floja?

—¡Rayos, es verdad! —contestó el muchacho, alarmado.

Agitó con fuerza la linterna para ver si conseguía una luz mejor. Pero la pila estaba a punto de agotarse y no hubo forma humana de conseguirlo. Por el contrario, la luz se fue tornando cada vez más débil, hasta convertirse en un punto brillante localizado en el centro de la linterna.

—Bu... e... no, mejor será que nos volvamos en seguida —afirmó Julián sintiéndose atemorizado—. No me apetece nada quedarnos aquí a oscuras y tener que buscar la salida a tientas. No sería precisamente lo que yo llamo una diversión.

Nobby asió con firmeza la peluda mano de *Pongo* y el jersey de Julián. Así no perdería a ninguno de los dos. En aquel momento, la linterna se apagó por completo y se vieron en la necesidad de buscar la salida en la más completa oscuridad. Julián palpaba la pared para hallar el recodo en el que empezaba el pasillo que los conduciría hasta la salida. Por fin lo encontró y pudieron subir tanteando los lados con las manos. No había constituido, ni mucho menos, una grata experiencia y el muchacho se felicitó un millón de veces en su interior por no haberse adentrado más en aquel laberinto. De haberlo hecho así, la excursión se habría transformado en una horrible pesadilla e incluso cabía la posibilidad de no haber atinado con la salida.

Vislumbraron entonces un leve resplandor, algo más adelante, y adivinaron que se debía a la luz del sol que iluminaba la entrada del agujero. Se dirigieron hacia allí llenos de gozo. Al mirar hacia arriba aparecieron los ansiosos rostros de los otros tres que, asomados al borde, aún no los veían a causa de la profundidad y la falta de luz.

—¡Ya estamos de vuelta! —gritó Julián, empezando a escalar la pared—. Se nos apagó la linterna y no nos atrevimos a alejarnos mucho, pero hemos recuperado a *Pongo*.

Los que estaban arriba les ayudaron a salir del hoyo y luego escucharon con avidez la historia del pasillo, la cueva y el agujero del techo.

—Claro, ése es el lugar que visitaron antes esos tipos. Mañana, cuando hayamos conseguido linternas para todos, velas y cerillas, lo inspeccionaremos a fondo. Nos acercaremos a la ciudad a comprar cuanto nos haga falta y luego llevaremos a cabo lo que se dice una auténtica exploración.

—Así que, al fin y al cabo, resulta que vamos a tener una aventura —dijo Ana con una débil vocecilla.

—Eso me parece —contestó Julián—. Pero, si quieres, te puedes quedar con la señora Mackie en la granja. No te asustes, Anita, no tienes obligación de venir con nosotros.

—Si vosotros os embarcáis en una aventura —contestó ella muy digna—, yo también. ¿Está claro? No puedo ni imaginarme que me dejaseis a un lado.

—Muy bien, muy bien —contestó su hermano—. De acuerdo. Iremos todos juntos... Esto se está poniendo al rojo vivo.

Capítulo XVII

OTRA VISITA DE LOU Y DAN

En el transcurso de aquella noche nadie molestó a los chiquillos y *Tim* no hubo de ladrar ni una sola vez. Nobby dormía sobre una cama improvisada con unas alfombrillas en el carromato de los chicos, abrazado a *Pongo*, que parecía encantado de quedarse con los excursionistas. *Tim*, bastante celoso de tener a otro animal como contrincante en el afecto de los niños, apenas le hacía caso.

A la mañana siguiente, después del desayuno, discutieron sobre quiénes se encargarían de ir a la ciudad.

—Nobby no puede, a causa de *Pongo*, porque seguramente no le dejarían subir al autobús. Mejor será que se queden —dijo Julián.

—¿Solos? —preguntó con alarma Nobby—. ¿Y si suben Lou y Dan? Aunque estuviera *Pongo* conmigo, me moriría de miedo.

—Bueno, yo me quedaré contigo —determinó Dick—. Para comprar unas linternas no hace falta que vayamos todos. Julián, no te olvides de echar la carta para papá y mamá.

Todos habían escrito una larga carta a sus padres contándoles sus peripecias. Julián se la metió en el bolsillo.

—La echaré al buzón —dijo—. Bueno, supongo que

ya podemos salir. Vamos, niñas. Dick, ten el ojo bien abierto por si esos bandidos vuelven.

Jorge, *Tim*, Ana y Julián bajaron juntos. El animal iba delante, correteando y moviendo la cola frenéticamente en su alegría. *Pongo* se subió al tejado de una de las carretas para verlos marchar mejor. Los dos muchachos, entre tanto, se sentaron al sol en el banquillo, con la cabeza apoyada en los mullidos brotes de hierba.

—Se está «chipén» aquí arriba — comentó Nobby —. Mucho mejor que abajo. Supongo que todos se estarán preguntando qué ha sido de *Pongo* y de mí, y si el señor Gorgio, el dueño del circo, se cree que el chimpancé se ha perdido estará como loco. Me imagino que nos mandará buscar.

Nobby se hallaba en lo cierto. Dos personas venían en su búsqueda, Lou y «Tigre Dan», medio ocultos entre la maleza y los arbustos, con los ojos y los oídos alerta por si se topaban con *Tim* o *Pongo*. Éste los presintió mucho antes de verlos y avisó a Nobby. El muchacho palideció. Aquellos dos salvajes le causaban verdadero pánico.

—Escóndete en una de las viviendas — cuchicheó Dick —, date prisa. Ya me las entenderé yo con esa parejita, si es que se trata de ellos. *Pongo* me echará una mano si me hace falta.

Nobby se metió en la carreta y se apresuró a cerrar la puerta, mientras Dick continuaba sentado en ·el mismo lugar en que se encontraba *Pongo*, apostado en el tejado de la vivienda, acechando.

De pronto Lou y Dan hicieron su àparición. Vieron a Dick, pero no descubrieron a *Pongo*. Echaron una ojeada, tratando de localizar a los demás.

—¿Qué desean? — preguntó Dick.

—A Nobby y a *Pongo* — gruñó Lou —. ¿Dónde están?

—Van a quedarse con nosotros — repuso el chiquillo, con firmeza.

—No, ni hablar «de la peluca». Nobby está a mi cargo, ¿com-pren-di-do?—recalcó Dan—. Yo soy su tío.

—Pues hay que confesar que es usted un tío muy raro — comentó Dick —. ¡Ah! Y, a propósito, ¿qué tal sigue el perro que usted envenenó?

El rostro de «Tigre Dan» adquirió un intenso color de vino tinto. Por su expresión se adivinaba que de buen grado hubiese arrojado a Dick por el precipicio.

—¡Mucho ojo con lo que dices!—contestó, levantando la voz a un tono muy alto.

Nobby, siempre oculto en la vivienda, se estremeció al oír el terrible aullido de su tío. *Pongo*, con el rostro atento y un gesto feroz, se mantenía en su escondrijo.

—Creo que lo mejor que podían hacer ustedes era despedirse y marcharse—prosiguió Dick, tan tranquilo—. Ya les he dicho que Nobby y *Pongo* se quedan con nosotros, al menos de momento.

—¿Dónde está Nobby?—preguntó «Tigre Dan», tan rabioso que parecía a punto de sufrir un ataque de epilepsia—. Espera a que le ponga las manos encima, espera a que...

Se dirigió hacia la carreta. Sin embargo, *Pongo* no se sentía dispuesto a consentir que llevase a cabo sus amenazas. Abalanzándose sobre el aterrado individuo, lo derribó al suelo. Emitía tales gruñidos que Dan no pudo menos de quedarse aterrado.

—¡Llámale!—aullaba—. ¡Lou, por favor, ven a ayudarme!

—No creo que *Pongo* me obedezca aunque lo llame — repuso Dick, que seguía sentado e impasible como si el asunto no le concerniera en absoluto —. Lo mejor será que se marchen, antes de que los haga migas.

Dan, tambaleándose, se dirigió hacia el banco de piedra. Aparentaba sentirse dispuesto a retorcerle el cuello al impávido muchacho. No obstante, algo en su expresión le impidió atreverse a tocarlo. *Pongo* los dejó marchar, pero se les quedó mirando con una fiera mueca, con sus poderosos brazos peludos colgando, dispuesto a arrojarse sobre ellos si volvían a acercarse.

«Tigre Dan» se agachó y cogió una piedra, mas *Pongo*, rápido como un relámpago, se abalanzó de nuevo sobre él y de un simple golpe lo hizo rodar por la colina abajo, mientras Lou huía aterrorizado. Su compañero, levantándose, lo siguió a toda marcha, sin cesar de lanzarles furiosos gritos de amenaza durante la carrera. El chimpancé, encantado con la diversión, los persiguió largo trecho, lanzándoles piedras con una afinada puntería, de modo que, durante un buen rato, siguió Dick oyendo sus exclamaciones de susto y de dolor.

Pongo regresó al fin y, al parecer muy satisfecho de sí mismo, se dirigió a la carreta de los chicos, en tanto Dick gritaba a Nobby:

—¡Victoria, Nobby! Ya se han ido, *Pongo* y yo ganamos la batalla.

El muchacho salió de su escondite y el animal le echó en seguida un brazo por los hombros, murmurándole cariñosas incoherencias al oído. Nobby semejaba avergonzado.

—Soy un gallina, ¿verdad? Os he dejado solos...

—Pero si me he divertido mucho — le respondió Dick, entusiasmado —, y me parece que *Pongo* más todavía.

—Tú no sabes lo peligrosos que son Lou y Dan — replicó el muchacho mirando hacia abajo para asegurarse de que se habían ido realmente —. Te digo que no se paran por nada. Os quemarán las carretas y os las tirarán por ahí abajo, os envenenarán al perro y os harán todo el daño que puedan. ¡No los conocéis como yo!

—Bueno, nosotros ya nos las hemos tenido que ver con algunos tipos tan temibles como Lou y Dan — lo consoló Dick —. No sé cómo, pero el caso es que siempre nos vemos metidos en algún jaleo. Fíjate, el año pasado estuvimos en un sitio llamado Montaña de Smugler. Nos pasó cada cosa que, ¡palabra!, no las podrías ni creer.

—¡Cuéntamelo! — pidió Nobby —. Tenemos mucho tiempo libre, hasta que vengan los otros.

Así, pues, Dick empezó el relato de algunas de las emocionantes aventuras en que se habían visto envueltos. El tiempo se les pasó volando. Tan abstraídos estaban, que se sobresaltaron al oír los ladridos de *Tim* a lo lejos, notificándoles su llegada.

Jorge venía literalmente «desempedrando», con el perro pegado a sus talones.

—¿Qué ha pasado? ¿Estáis bien? ¿Qué ha sucedido mientras nosotros no estábamos aquí? ¿Sabéis que Lou y Dan se subían al autobús en el momento en que nosotros nos bajábamos? Llevaban equipaje, como si se fuesen de viaje.

El pequeño rostro de Nobby se iluminó.

—¿De verdad? ¡Viva! Vinieron hace un rato, ¿sabes? *Pongo* los echó colina abajo. Seguro que marcharon derechos al campamento, recogieron sus cosas y se largaron en el autobús. ¡Qué alegría!

—Hemos comprado unas linternas estupendas — intervino Julián —. Muy potentes. Ésta es para ti, Dick, y ésta para ti, Nobby.

—Mu... muchas gracias — balbució Nobby y, a continuación, enrojeció —, pero es que yo no... no tengo dinero para pagar una linterna tan buena — añadió torpemente.

—Es un regalo, tonto — le atajó Ana con viveza —, un regalo para Nobby, nuestro mejor amigo.

—¡Co... órcholis! ¡Un montón de gracias! — exclamó el chiquillo, con visible emoción —. Nunca había recibido un regalo. Sois... sois los tipos más decentes que me he echado jamás a la cara.

El chimpancé extendió la mano hacia Ana, cuchicheando bajito, como si preguntase: «¿Y para mí no hay una?»

—¡Oh, se nos ha olvidado traerle una a *Pongo*! —exclamó contrita la niña—. ¿Cómo se nos pasaría?

—Pues, menos mal — dijo Nobby —. No dejaría de apagarla y encenderla en todo el día y le gastaría las pilas en un santiamén.

—Bueno, pues le daremos la mía y en paz — dijo Jorge —. Está rota, pero no creo que le importe.

Pongo se quedó entusiasmado. Apretaba sin cesar el botón que la encendía y, al advertir que no se iluminaba, miraba a su alrededor por el suelo, como si la luz se le hubiese escapado. Los chiquillos se reían como locos y el noble animal se mostraba dichoso al verlos reír. Incluso se ponía a bailar en torno a ellos, para demostrarles lo feliz que se sentía.

—¡Escuchad un momento! ¿No os parece que deberíamos explorar ahora la cueva, ya que Dan y Lou no andan por aquí rondando? — preguntó Julián de repente —. Puesto que llevaban equipaje, es señal de que piensan pasar por lo menos la noche fuera y no regresarán hasta mañana. Por lo tanto, no correremos el peligro de tropezarnos con ellos abajo.

—Sí, eso está muy bien — contestó Jorge con viveza —. Me muero de ganas de bajar a ver qué descubrimos.

—De acuerdo. Será mejor que comamos algo antes, sin embargo — dijo Dick —. Hace ya tiempo que pasó la hora, debe de ser ya la una y media... Sí, eso es.

—Jorge y yo prepararemos alguna cosilla — resolvió Ana —. En el camino de vuelta pasamos por la granja y compramos un buen lote de comida. Ven, Jorge.

Su prima se levantó, aunque no de muy buena gana. *Tim* la siguió, oliscando con expectación. A los pocos momentos, las dos chiquillas se hallaban muy atareadas en disponer una buena comida y todos se sentaron en el banco dispuestos a despacharla.

—La señora Mackie nos dio esta enorme barra de chocolate. Es su regalo de hoy — dijo Ana, entregando a Nobby y a Dick un buen trozo —. ¿Verdad que tiene buen aspecto? No, no, *Pongo*, no es para ti. Cómete tus *sandwichs* como Dios manda y no le eches mano a esto.

—Creo que debemos llevarnos algo de comida a la cueva. A lo mejor tenemos que quedarnos allí un buen rato y no nos apetecerá subir a la hora del té — dijo Julián.

—¡Qué estupendo! Una merienda debajo de tierra — exclamó Ana —. Me parece que va a resultar de lo más emocionante. Voy a meter algo a toda prisa en la cesta, pero no me voy a entretener en preparar los *sandwichs*. Nos llevaremos un pan entero, jamón y bizcocho. Y así podremos cortar lo que nos apetezca. ¿Os parece que meta algo para beber?

—Hombre, yo creo que podremos resistir hasta la vuelta — contestó Julián —. No lleves más que algo que comer, para que aguantemos bien hasta que terminemos la exploración.

Jorge y Nobby se encargaron de fregar los platos, mientras Ana empaquetaba la comida en papel encerado, colocándola con sumo cuidado en una cesta para que Julián la llevase. También metió en ella la gruesa barra de chocolate. Sería agradable comer algo en los momentos más emocionantes.

Al poco rato se encontraba ya todo dispuesto. *Tim*, sabiendo que iban a ir a alguna parte, movía la cola. Entre todos corrieron la carreta para dejar bien al descubierto el agujero, ya que la noche anterior la habían vuelto a colocar encima a fin de que Lou y Dan no los descubriesen si volvían. Habían tenido ocasión de comprobar que, en tanto la carreta se mantuviese encima, nadie podría meterse dentro.

Las tablas habían sido colocadas al descuido sobre el agujero, de manera que los chiquillos las quitaron en seguida, depositándolas a un lado. Tan pronto como *Pongo* vio el hoyo, retrocedió unos pasos, asustado.

—Seguro que se acuerda de lo poco que le gustó la oscuridad de ahí abajo — dijo Jorge —. Vamos, *Pongo*, esta vez no pasará nada. ¿No ves que todos llevamos linternas?

Nada en el mundo hubiese sido capaz de persuadir a *Pongo* para que descendiese de nuevo al laberinto. Cuando Nobby intentó obligarlo, comenzó a gimotear como un niño.

—Déjalo — aconsejó Julián —. Lo malo es que vas a tener que quedarte aquí con él.

—¡Ya! ¡Perderme toda la emoción! — exclamó Nobby, indignado —. ¡Ni hablar! Ataremos a *Pongo* a la rueda de una carreta para que no se largue por ahí. Ya sabemos que Lou y Dan están lejos y no creo que nadie más se atreva a acercarse a un chimpancé tan grande. Vamos a atarle.

Así, pues, *Pongo* fue sólidamente amarrado a una de las ruedas de un remolque.

—Pórtate bien y quédate quietecito hasta que volvamos — le ordenó Nobby dejándole al lado un cacharro con agua por si deseaba beber —. Estaremos pronto de vuelta, ¿eh?

Pongo se entristeció mucho al verlos marchar, pero no se decidió a seguirles, tal era su miedo a la oscuridad del pozo. Contempló cómo los niños iban desapareciendo uno a uno de su vista. También *Tim* se metió de un salto, con lo que el chimpancé se quedó completamente solo.

Todos se habían ido en busca de una nueva aventura. ¿Qué les sucedería?

Capítulo XVIII

EN LAS ENTRAÑAS DE LA COLINA

Por orden de Julián, todos los niños se habían puesto un grueso jersey, suponiendo que dentro de la oscura cueva haría frío. Nobby llevaba uno viejo perteneciente a Dick. Pronto tuvieron ocasión de alegrarse de ello, ya que, tan pronto como empezaron a descender por el oscuro corredor que conducía a la cueva que habían descubierto el día anterior, notaron la humedad y frialdad del ambiente.

Cuando llegaron a la pequeña caverna, Julián enfocó con su linterna los peldaños que ascendían por la pared hasta el agujero que se abría en el techo.

—¡Qué emocionante! —exclamó excitada Jorge—. Me encantan estas cosas. ¿Adónde irá a parar ese agujero? Yo subiré la primera, ¿verdad, Julián?

—No, ni hablar —replicó con firmeza el muchacho—. Seré yo quien vaya delante. No sabemos lo que puede esperarnos ahí arriba...

Trepó, sujetando la linterna con los dientes, ya que necesitaba ambas manos para auxiliarse. Los escalones estaban constituidos por gruesos barrotes de hierro engastados en la pared y que podían escalarse con facilidad.

Cuando alcanzó el agujero, introdujo la cabeza y profirió un grito de asombro.

—¡Dios mío! Esta caverna es más... más enorme que seis salas de baile juntas... Y los muros desprenden luz... Debe de ser fosforescencia... Sí, eso es, fosforescencia.

Se izó sobre el agujero y permaneció inmóvil de pie sobre el suelo de la inmensa cueva. Las paredes resplandecían con un fulgor extraño. Julián apagó la linterna, ya que era tal la luminosidad natural que no la precisaba para ver.

Uno a uno fueron apareciendo los demás, contemplando absortos el singular fenómeno.

—Es como la cueva de Aladino — exclamó Ana —. ¡Qué luz más rara sale de las paredes y del techo!

Dick y Jorge, con bastantes apuros, consiguieron trasladar a *Tim* hasta la inmensa cueva. Cuando el animal se vio rodeado de tan extraño resplandor, metió el rabo entre las patas, acobardado, pero en cuanto su ama le propinó unas palmadas para alentarle, se reanimó.

—¡Qué enorme! — dijo Dick —. ¿Será aquí donde esos dos guardan sus secretos?

Julián dirigió el haz de su linterna hacia todos los rincones, iluminando así los más oscuros recodos.

—No veo nada especial por aquí — dijo —, pero será mejor que lo exploremos a conciencia antes de seguir adelante.

Por lo tanto, los cinco chiquillos examinaron todas las grietas y recovecos de la luminosa cueva, sin encontrar nada. De súbito, Julián se agachó y recogió algo del suelo, exclamando:

—¡Una colilla! Esto demuestra que Lou y Dan estuvieron aquí. Bueno, vamos a ver si es que esta cueva tiene otra salida.

Al otro extremo, justamente enfrente, se veía un gran agujero, situado a media altura como si fuese la entrada de un túnel. Julián trepó hasta allí y llamó a los otros.

—¡Eh! Fueron por aquí. Hay una cerilla apagada a la entrada del túnel.

Se trataba de un curioso pasadizo, cuya altura no les permitía caminar derechos y que serpenteaba en interminables vueltas y revueltas, según se adentraba en la colina. Julián iba pensando que, en otros tiempos, el agua debía de haber corrido por allí. En la actualidad se hallaba seco por completo. El piso del túnel aparecía muy suave, como si la corriente lo hubiese desgastado después de muchos, muchísimos años de hollarlo.

—Confiemos en que al manantial no se le ocurra rebrotar de golpe — comentó Jorge —. Nos pondríamos como una sopa.

El pasadizo continuaba, sin parecer desembocar en ningún lado. Ana empezaba a desesperar de que tuviese fin. Repentinamente, el muro hacía un brusco recodo formando una especie de gran estantería rocosa. Julián, que iba en cabeza, enfocó la linterna hacia aquel lugar.

—¡Aquí está! — gritó —. ¡Aquí es donde esos tipos tienen el almacén! ¡Hay un montón de cosas!

Sus compañeros se agruparon lo más cerca posible de él, dirigiendo todos la luz de sus linternas hacia el mismo punto. En el amplio recoveco aparecían apiñados cajas, paquetes, sacos y maletas. Los muchachos los contemplaban boquiabiertos.

—¿Qué habrá dentro? — preguntó Nobby lleno de una irresistible curiosidad —. Vamos a verlo.

Dejó en el suelo la linterna, desató un saco, introdujo la mano y sacó... ¡un plato de refulgente oro!

—¡Cooórch...! — exclamó el muchacho sin poder contenerse —. Por eso estuvo la «poli» el año pasado en el campamento, rebuscando no sé qué. ¡Claro, esto era lo que buscaban! ¡Y ellos lo tenían aquí! ¡Pero fijaos qué cosas! ¡Se las deben de haber robado al mismísimo rey!

El saco se hallaba repleto de exquisitas piezas de oro: tazas, platillos, bandejas... Los chiquillos las alinearon en el borde y las iluminaron con sus linternas. ¡Cómo relucían!

—Son ladrones a lo grande — dijo Julián —. De eso no cabe la menor duda. Vamos a mirar en esta caja.

La caja no estaba cerrada, por lo que la tapa se abrió con facilidad. En su interior había una pieza de porcelana: un jarrón de un aspecto tan frágil que parecía poderse quebrar ante un soplo de aire.

—Yo de porcelanas no entiendo nada — dijo Julián —, pero me imagino que ésta es una pieza valiosa, valorada en miles de libras. Supongo que un coleccionista daría por ella una buena suma de dinero. ¡Pero qué bandidos!

—¡Mirad aquí! — exclamó de pronto Jorge, sacando unas cajitas de piel de otro saco —. ¡Deben de ser joyas!

Abrió las cajas. Los muchachos prorrumpieron en exclamaciones de asombro. Los diamantes centelleaban, los rubíes parecían lanzar rojas llamitas y las esmeraldas desprendían un brillo intensamente verde. Collares, brazaletes, anillos, broches... todas las joyas resplandecían a la luz de las linternas. En una caja encontraron una diadema hecha, al parecer, tan sólo de diamantes. Ana la sacó del estuche con cuidado y se la colocó en la cabeza.

—Soy una princesa y ésta es mi corona — dijo.

—¡Qué elegante! — exclamó Nobby, admirado —. Estás tan guapa como Delfina, la caballista, cuando sale a la arena toda cubierta de joyas relucientes.

Ana siguió poniéndose collares y pulseras y se sentó en el borde de piedra, fulgurante como una pequeña princesita de cuento de hadas. Luego se las quitó y volvió a guardarlas con esmero en sus acolchados estuches.

—Pues menudo botín tienen aquí esos dos — comentó Julián, extrayendo una magnífica bandeja de plata de otro paquete —. Son unos bandidos de primera.

—¡Ya sé cómo trabajan! —exclamó Dick—. Lou es un acróbata maravilloso. ¿No es así? Seguro que él se encarga de todo el trabajo de escalar las paredes, subirse a los tejados y meterse por las ventanas... «Tigre Dan» le espera abajo y va recogiendo todo lo que el otro le tira.

—Algo por el estilo, supongo —agregó Nobby, cogiendo una bellísima tacita de plata—. Lou puede trepar por cualquier sitio, por las hiedras o las cañerías... ¡Juraría que hasta por una pared lisa! Y como saltar, salta más que una pantera. Mi tío y él deben de llevar muchos años metidos en este negocio. De manera que es aquí adonde venía cuando estábamos de jira y al despertarme por la noche veía que no estaba en su cama.

—¡Claro! Y de momento almacena el botín en aquel vagón que tú nos enseñaste —añadió Julián, pensativo—, ¿no te acuerdas? Nos dijiste que una vez que tu tío te sorprendió rondando por allí se puso como una fiera. Sin duda, lo van guardando en él y, luego, todos los años, Lou y él suben aquí y lo esconden bajo tierra, hasta que la policía cesa en la búsqueda de las cosas robadas. Entonces ellos vuelven, las recogen y las venden en algún sitio seguro.

—Pues me parece un plan genial —comentó Dick—. Y ¡menuda suerte para ellos la de poder ir con el circo de un lado a otro, de una ciudad a otra, enterándose de dónde hay joyas famosas o plata! Después, por la noche, no tienen más que escabullirse para que Lou trepe por las paredes como un gato... ¿Cómo encontrarían este sitio? ¡Es un escondrijo fantástico!

—Sí, a nadie se le ocurriría ni sospecharlo —añadió Jorge—. Y, de repente, venimos nosotros y, ¡zas!, les plantamos las viviendas justamente encima de la entrada, en el preciso momento en que ellos querían meter o sacar algo. Debieron quedarse patitiesos.

—Y ahora, ¿qué vamos a hacer con esto? — preguntó Dick.

—Denunciarlo a la policía, desde luego — contestó Julián con viveza —. ¿Qué imaginabas? Me estoy muriendo de ganas de ver sus caras cuando se encuentren ante semejante botín. ¡Palabra!

Con grandes precauciones, colocaron todo como estaba antes. Julián iluminó con la linterna la continuación del túnel.

—¿Seguimos un poco más o no? — dijo —. Fijaos, el túnel todavía sigue.

—Más vale que nos volvamos — contestó Nobby —. Ya que hemos tropezado con esto, mejor será que hagamos algo con ello.

—Bueno, pero vamos a ver primero adónde va a parar este túnel — dijo Jorge —. No nos llevará ni un minuto.

—Está bien — respondió Julián, que sentía tanta curiosidad como la niña. Volvió a ponerse a la cabeza y encendió la linterna a toda su potencia.

El túnel desembocaba en otra cueva no tan grande como la anterior. En uno de sus extremos, algo brillaba y parecía moverse, al tiempo que dejaba oír un suave murmullo.

—¿Qué es eso? — inquirió Ana, asustada. Todos se detuvieron a escuchar.

—¡Agua! — exclamó Julián de pronto —. ¡Claro! ¿No la oís correr? Es una corriente subterránea que circula por aquí tratando de encontrar una salida al exterior.

—Como aquella que vimos que salía de la colina cuando buscábamos un sitio para acampar — dijo Jorge —. ¡No os acordáis? ¡Anda, a lo mejor es la misma!

—Supongo que sí — corroboró Dick.

Se inclinaron sobre el manantial tratando de comprobar su recorrido, que transcurría sobre un lecho excavado a lo largo del muro de la caverna.

—A lo mejor, hace muchos años, fluía por toda esta cueva y bajaba por el túnel que hemos recorrido nosotros —dijo Julián—. ¡Sí! Mirad, ahí en el suelo hay como una especie de canalón. Se conoce que, luego, por alguna causa, el agua tomó un rumbo distinto.

—Oye, vamos a volvernos —dijo de pronto Nobby—. Quiero saber si *Pongo* sigue bien. No sé por qué, pero me siento asustado. Tengo el presentimiento de que le ha pasado algo malo. Y además aquí hace un frío que pela. Vamos a salir al sol y merendaremos. La verdad es que no apetece ni chispa comer aquí abajo.

—Bueno —concedió Julián.

Se pusieron en marcha, volviendo a penetrar en el angosto túnel. Atravesaron el rocoso estante en el que descansaba el tesoro y llegaron al recinto fosforescente. Lo cruzaron y se dirigieron al agujero que se abría sobre la pequeña caverna. Luego bajaron, llevando entre Jorge y Dick al voluminoso *Tim* con bastantes dificultades y remontaron la galería que les había de conducir al pozo de entrada, sintiéndose todos bastante dichosos ante la idea de volver a ver el sol.

—¡Oye! No veo ninguna luz, y el agujero ya debía estar cerca —comentó Julián, perplejo.

Al fin, avanzando, tropezó contra un muro, quedando nuevamente sorprendido. ¿Dónde estaba el agujero? ¿Se habrían extraviado? Enfocó la linterna hacia arriba y descubrió el agujero, pero ninguna luz se filtraba por él.

—¡Dios mío! ¿Sabéis lo que ha pasado? —preguntó Julián con voz temblorosa.

—¿Qué? —repusieron todos, asustados.

—Han cerrado el agujero —contestó el muchacho—. No podemos salir. Alguien ha vuelto a colocar las tablas y seguro que también ha colocado la carreta encima. ¡Os digo que no podemos salir!

Contemplaron aterrados la infranqueable salida. ¡Estaban prisioneros!

—¿Qué podemos hacer?—preguntó Jorge—. Julián, ¿qué vamos a hacer ahora?

CAPÍTULO XIX

PRESOS BAJO TIERRA

Julián no contestó. Se sentía irritado consigo mismo por no haber previsto que algo semejante podría suceder.

Aunque Lou y Dan habían sido vistos subiendo al autobús con maletas, era muy fácil que no pensasen pasar el día fuera, sino que las maletas contuviesen algo que deseaban vender, cosas robadas, con toda posibilidad.

—¡Claro! Regresaron pronto y seguramente subieron a hacer otra intentona de llevarse a *Pongo* y a Nobby —exclamó Julián en voz alta—. Qué estúpido he sido al dejar al azar una cosa tan seria como ésta. Bueno, voy a ver si consigo separar las maderas. Con un poco de suerte, creo que lo conseguiré.

El muchacho empleó todas sus fuerzas en el empeño e incluso logró separarlas un tanto, pero, como era de temer, el remolque se hallaba colocado sobre el agujero y aunque hubiese podido descorrer algunas de las planchas, les habría sido imposible salir a través de él.

—Quizá *Pongo* pueda ayudarnos —exclamó de súbito—. ¡*Pongo*! ¡*Pongo*! ¡*Pongo*! Ven a ayudarnos —gritó a pleno pulmón.

Inmóviles, esperaron a oír el parloteo de *Pongo* por allí cerca o escuchar algún roce en las planchas de madera.

Sin embargo, no se vio ni se oyó señal alguna del chimpancé.

Todos le llamaron a una. Inútil. *Pongo* no acudía. ¿Qué le había sucedido? Nobby sentíase profundamente preocupado.

—Quisiera saber qué le ha pasado — repetía una y otra vez —. Tengo la impresión de que al pobrecito *Pongo* le ha ocurrido algo horrible. ¿Dónde estará el pobre?

Pongo no se encontraba muy lejos. Yacía sobre un costado, con la cabeza ensangrentada. Estaba inconsciente y no podía oír las llamadas de los niños.

Lo que Julián se había temido era en verdad lo que le había pasado al pobre animal.

Lou y Dan habían vuelto a subir a la colina, trayendo dinero para intentar convencer a Nobby de que regresase con *Pongo* al campamento. Cuando estaban próximos a la explanada, se detuvieron y llamaron en voz alta:

—Nobby, Nobby, venimos a hacer las paces contigo, no a hacerte daño. Te hemos traído dinero. Anda, sé sensato y vuelve al campamento. El señor Gorgio pregunta por ti.

Al no obtener respuesta alguna, los hombres se habían acercado algo más. Descubrieron entonces a *Pongo* y se detuvieron. El chimpancé no pudo abalanzarse sobre ellos, puesto que estaba atado. Permaneció sentado, gruñendo furioso en su dirección.

—¿Dónde se habrán ido esos críos? — preguntó Lou. De pronto se fijó en que el remolque aparecía más atrás que de costumbre y adivinó lo que pasaba —. ¡Han encontrado la cueva! ¡Esos malditos entrometidos! Mira, han movido la carreta de encima del agujero. Y ahora, ¿qué hacemos?

—Lo primero, esto — contestó «Tigre Dan», con frialdad manifiesta.

Cogió una enorme piedra y la arrojó con toda su fuerza al indefenso *Pongo*. Éste trató de apartarse, pero no alcanzó a lograrlo a causa de la cuerda que le mantenía sujeto. La piedra le hirió de lleno en la cabeza. El animal emitió un chillido y se derrumbó, quedando inmóvil.

—¡Hombre!, mira por dónde, le has matado.

—Pues mucho mejor — respondió «Tigre Dan» —. Ahora vamos a ver si el agujero está abierto. ¡Tendríamos que haberles retorcido el pescuezo a esos mocosos!

Penetraron en la plataforma y en el acto comprobaron que el escondrijo había sido descubierto y destapado y que los chiquillos debían haber bajado por él.

—Están ahí abajo, seguro — dijo «Tigre Dan» temblando de ira —. Vamos a entendérnoslas con ellos. ¿Qué te parece si sacamos nuestras cosas y nos largamos? De todos modos ya pensábamos «ahuecar el ala» mañana. Igual podemos hacerlo hoy.

—Sí, de día, para que cualquiera nos vea — le replicó Lou con voz despectiva —. Te habrás quedado calvo de pensarlo, ¿eh?

—Bueno, ¿es que tú tienes una idea mejor? — preguntó a su vez Dan.

—¿Y por qué no seguir nuestro plan? — contestó Dan —. Bajaremos cuando oscurezca a recogerlo todo. Podemos subir nuestra vagoneta, como habíamos pensado anoche. No tenemos por qué preocuparnos de los críos. Están enterrados y podemos dejarlos presos hasta que tengamos todo listo para salir pitando.

—Bravo! — aplaudió Dan. Súbitamente hizo una mueca que puso al descubierto su fea dentadura —. Eso es. Cerramos el agujero y ponemos la carreta encima. Esta noche venimos, bajamos a recogerlo todo y cerramos otra vez el agujero dejando a los chiquillos dentro. Cuando estemos a salvo, le mandaremos una tarjeta a Gorgio para que ponga en libertad a esos dichosos críos.

—¿Y para qué vamos a molestarnos? — preguntó Lou

con su cruel acento —. ¡Que se mueran de asco ahí abajo esos malditos entrometidos! Les estará bien empleado.

—No, quita, quita — dijo Dan —. Tendríamos a la *poli* detrás pisándonos los talones. Ya les echaremos algo de comida por el agujero para que se mantengan hasta que vengan a buscarlos. No, Lou, no nos conviene que se mueran. ¡Menudo «bochinche» se armaría si hiciésemos una cosa así!

Cuidadosamente, los dos hombres depositaron en su sitio las tablas y replantaron los matorrales. Luego colocaron el remolque encima de todo.

Poco después se decidieron a examinar a *Pongo*. El animal seguía inconsciente y los hombres contemplaron impasibles la horrible herida que tenía en la cabeza.

—No está muerto — dijo Lou dándole una patada —. Se pondrá bien. Mejor será que lo dejemos aquí. A lo mejor se recupera mientras lo llevamos y nos ataca. Atado como está, no nos puede estorbar para nada esta noche.

Se alejaron, descendiendo por el camino. No habían transcurrido ni diez minutos de su marcha cuando los chiquillos se acercaron al agujero y lo encontraron tapado. Si no se hubiesen entretenido en explorar el trozo final del túnel, habrían tenido tiempo de salir y azuzar a *Tim* contra los dos bandidos. Ahora ya era demasiado tarde. El hoyo estaba bien cerrado. Nadie podría salir. Nadie encontraría a *Pongo* ni curaría su herida. Se habían convertido en auténticos prisioneros.

Los pobres niños no podían evitar sentirse preocupados. Ana empezó a llorar, aunque trataba de que los demás no la vieran. Nobby, comprendiendo que se hallaba asustada, le echó su brazo por los hombros.

—No llores, Anita — le dijo —. No nos va a pasar nada.

—Bueno — decidió Julián, por último —. No ganamos

nada con quedarnos aquí parados. Vayamos a cualquier sitio más cómodo y nos sentaremos para comer y charlar. Yo tengo hambre.

Descendieron una vez más por la galería y pasaron por el agujero hasta llegar a la inmensa caverna. Encontraron un rinconcillo arenoso y se acomodaron en él. Julián entregó a Ana la cesta y ésta empezó a desempaquetar la comida.

—Mejor será que dejemos encendida sólo una linterna — dijo Julián —. No sabemos cuánto tiempo tendremos que permanecer aquí y no nos gustaría quedarnos a oscuras.

En el acto todos apagaron sus linternas. La idea de vagar perdidos en la oscuridad por debajo de la tierra no tenía nada de agradable. Ana preparó rebanadas de pan y mantequilla y los niños pusieron encima lonchas del delicioso jamón de la señora Mackie. Todos se sintieron mejor después de haber comido.

—Estaba estupendo — comentó Dick —. No, Ana, el chocolate guárdalo. A lo mejor lo necesitamos más tarde. ¡Caramba! ¡Qué sed tengo!

—Y yo — añadió Nobby —. Tengo la lengua fuera, como *Tim*. ¡Si pudiéramos echar un trago! Oye, ¿no había un manantial más allá del túnel? Podemos ir allí a beber, estará muy fresquita.

—Bueno... No creo que nos haga daño — contestó Julián —. Mamá nos encargó mucho que no bebiésemos agua sin hervirla primero, pero ella no contaba con que nos sucediese esto. Cruzaremos el túnel y beberemos el agua del manantial.

Avanzaron por el largo y sinuoso pasadizo, cruzando ante el «almacén» de las cosas robadas. Pronto arribaron a la cueva a través de la cual corría el rápido arroyuelo. Hundieron las manos en él y bebieron con ansiedad. El agua sabía muy bien y aparecía clara y fría.

Tim también bebió. Se sentía algo extrañado ante la aventura, pero, puesto que estaba con su ama, se sentía feliz. Si a Jorge, de repente, se le había metido en la cabeza vivir dentro de tierra como una lombriz, pues... ¡bien estaba, mientras él pudiera seguir a su lado!

—Estoy pensando si esta corriente no irá a parar al agujero de la colina y saldrá por allí — dijo Julián, de pronto —. Si es así, podríamos seguirla y a lo mejor lográbamos salir de aquí.

—Nos vamos a empapar — contestó Jorge —. Bien, eso sería lo de menos. Vamos a intentar seguir la corriente.

Se acercaron al punto por donde el arroyuelo desaparecía dentro de un túnel muy semejante al otro por el que habían subido. Julián lo iluminó con su linterna.

—Creo que conseguiremos vadearlo — dijo —. Es muy rápido, pero no demasiado profundo. ¡Escuchad! Yo me adelantaré para ver adónde va a parar y volveré a decíroslo.

—¡No! — replicó de inmediato Jorge —. Será mejor que no nos separemos. Podrías perderte de nosotros. ¡Sería horrible!

—Bueno, bueno — contestó Julián —. Sólo quería evitar que nos pusiésemos todos hechos una sopa. En fin, vamos a intentarlo.

Uno a uno se metieron en la corriente. El agua les golpeaba las piernas, pues corría a gran velocidad, aunque no les cubriera más arriba de las rodillas. Seguían avanzando, a la luz de las linternas, preguntándose, adónde les conduciría el túnel. *Tim* medio andaba, medio nadaba. No era muy aficionado a las excursiones acuáticas. Le parecían una tontería. Se puso en cabeza de la comitiva y, adelantándose un poco más, saltó sobre un reborde que corría paralelo al agua.

—Buena idea, *Tim* — exclamó Julián encaramándose tras él.

Tenía que caminar bastante encorvado, dado que, de no hacerlo así, su cabeza chocaría contra la bóveda del túnel, pero, cuando menos, no se vería forzado a llevar las piernas metidas en el agua helada. Los demás le imitaron y continuaron sobre el reborde que corría escalonado junto al agua. Sin embargo, a veces desaparecía y tenían que meterse de nuevo en la corriente, que de pronto se había hecho más profunda.

—¡Caramba! ¡Casi me llega a la cintura! — se lamentó Ana—. Esperemos que la profundidad no continúe aumentando. Ya me he subido las faldas todo lo posible, pero me parece que dentro de muy poco estaré empapada por completo.

Por fortuna, el agua no subió más de nivel, aunque sí pareció acelerar su rápida marcha.

—Creo que estamos descendiendo un poco — comentó Julián —. Quizá nos acerquemos al lugar de salida.

Así era. A corta distancia, justamente enfrente, Julián descubrió una tenue claridad, aunque sin saber de dónde provenía. No tardó en adivinarlo. Era la luz del día filtrándose a través del agua que vertía aquel agujero en la ladera de la colina.

—¡Estamos llegando! — gritó Julián —. ¡Vamos!

Mucho más animados, los chiquillos prosiguieron su caminar por el agua. Pronto volverían a encontrarse al sol, irían a buscar a *Pongo* y correrían colina abajo. Cogerían el primer autobús y marcharían derechos a la comisaría más cercana... Sin embargo, nada de esto iba a suceder. Con una tremenda desilusión, comprobaron que el agua se hacía en exceso profunda para poder continuar a pie. Nobby se detuvo alarmado.

—No me atrevo a seguir — dijo —. Casi no hago pie y el agua corre a demasiada velocidad.

—Yo tampoco — exclamó Ana, también asustada,

—A lo mejor puedo yo seguir a nado — dijo Julián, intentándolo.

Pero en seguida hubo de desistir, porque la corriente era tan fuerte que él no lograría dominarla y tenía miedo de ser arrojado contra las paredes rocosas, golpeándose la cabeza.

—No puedo — afirmó con tristeza —. No nos ha servido de nada. Resulta demasiado peligroso seguir. Todo este trabajo para nada. ¡ Y pensar que tenemos la libertad sólo a unos pasos! ...

—Tenemos que resignarnos — dijo Jorge —. Me temo que *Tim* se va a ahogar si no volvemos pronto. ¡ Qué horror, hemos de recorrer el mismo camino, sólo que ahora a contrapelo!

CAPÍTULO XX

MÁS SORPRESAS

Era una triste y desilusionada tropa la que iniciaba el regreso a la cueva. Lenta y penosamente se volvieron por el túnel. No era fácil marchar contra la corriente. Julián tiritaba, ya que se había calado hasta los huesos al intentar nadar.

Al fin llegaron a la cueva de donde brotaba la corriente.

—Vamos a correr un rato para entrar en calor — propuso Julián —. Estoy helado. Dick, por favor, déjame uno de tus jerseys, tengo que quitarme esa ropa mojada.

Los chiquillos corrieron por la cueva, persiguiéndose unos a otros, tratando de reaccionar, hasta que, cuando lo hubieron conseguido, se dejaron caer en un arenoso recodo, jadeando. Allí permanecieron un rato, mientras recuperaban el aliento.

Entonces oyeron algo. *Tim* fue el primero en notarlo y empezó a gruñir.

—¡Rayos! ¿Qué le pasa a *Tim*? — preguntó Nobby, alarmado. Se mostraba más asustadizo que los demás chiquillos, indudablemente a causa de la tensión que había soportado durante los últimos días.

Aguardaron en silencio, mientras Jorge sujetaba al perro por el collar. Éste gruñó de nuevo, si bien con suavidad. De pronto percibieron claramente un sonoro jadeo, que procedía del otro lado de la cueva, al parecer del mismo lugar por donde corría el arroyo.

—Alguien está subiendo por el manantial — susurró Dick, atónito —. ¿Habrán entrado por donde nosotros no pudimos salir?

—Pero, ¿quién puede ser? — preguntó Julián —. No puede tratarse de Lou ni de Dan. No creo que tomasen por ese camino, pudiendo entrar por el otro lado. ¡Ah! Quienquiera que sea está llegando a la cueva. Voy a cerrar la linterna.

Al apagar Julián la luz, la oscuridad más absoluta reinó en la caverna. Todos agudizaron el oído, mientras el pobre Nobby tiritaba de espanto. Lo más sorprendente era que el perro había cesado de gruñir e incluso movía la cola.

Se oyó una especie de estornudo al otro lado de la caverna y unas silenciosas pisadas que se dirigían hacia ellos. Ana estuvo a punto de dejar escapar un grito de terror. ¿Quién sería?

Con súbita decisión, Julián encendió la linterna. A su luz descubrieron una figura peluda y rechoncha, que se detuvo deslumbrada ante el repentino resplandor. ¡Era *Pongo*!

—¡*Pongo*! — gritaron todos, levantándose a la vez. *Tim* corrió hacia el sorprendido chimpancé, oliscándole con alegría. Éste se abrazó a Ana y a Nobby.

—*Pongo*, te has soltado, has mordido la cuerda, ¿verdad? — exclamó Julián —. ¡Qué listo has sido! ¡Mira que encontrar el camino por el hueco del manantial! ¿Cómo sabías que nos encontrarías aquí? ¡Eres un fenómeno! — En aquel momento se fijó en la profunda herida que presentaba el animal en la cabeza —. ¡Mirad! Le han herido. Supongo que esos salvajes le han pegado una pedrada, ¡pobrecito!

—Vamos a lavarle la herida — propuso Ana —. Usaré mi pañuelo.

Pero *Pongo* no permitió ni siquiera a su amo que le tocase la brecha. No los amenazaba ni los atacaba. Simplemente, les cogía las manos, manteniéndoselas retiradas. Así, pues, nadie pudo lavársela, ni vendársela.

—No importa — dijo Nobby —. Las heridas de los bichos se curan en seguida, aunque no se las cuide. Ya veis que no quiere dejar que se la toquemos. Lou o Dan le debieron pegar una pedrada y le dejarían inconsciente. Luego cerraron el agujero y nos hicieron prisioneros. ¡Los muy bestias!

—¡Oíd! — exclamó Dick —. Tengo una idea. No sé si resultará, pero creo que es buena.

—¿Qué? — preguntaron todos con ansiedad.

—¿Qué os parece si le atamos a *Pongo* una nota al cuello y lo mandamos fuera otra vez para que la lleve al campamento? — explicó Dick —. No creo que se acerque siquiera Lou ni a Dan, porque les tiene miedo. Se la entregará a cualquiera de los otros, que son buena gente. Lo ideal sería que encontrase a Larry. Me parece una excelente persona.

—¿Pero tú crees que *Pongo* entenderá lo que esperamos de él? — objetó Julián, escéptico.

—Podríamos probar, por lo menos — dijo Nobby —. Yo a veces, en broma, le mando ir a algún sitio, a llevarle a Larry la maza del elefante, por ejemplo, o a que me guarde la chaqueta en el carricoche...

—Bueno, desde luego, vale la pena intentarlo. Yo tengo lápiz y un cuadernillo. Siempre los llevo en el bolsillo. Escribiré una nota, luego la envolveremos en una hoja y se la ataremos a *Pongo* al cuello con un cordel.

El muchacho redactó un mensaje que decía:

A quienquera que llegue esta nota: Por favor, suba a

*la colina, hasta la explanada en que están dos remolques.
Debajo del rojo hay un túnel oculto. Estamos encerrados
bajo él. ¡Por favor, rescátenos pronto!* JULIÁN, DICK,
JORGE, ANA *y* NOBBY.

Se lo leyó a los otros y lo sujetó al cuello del chimpancé.

Pongo se sorprendió un poco, pero, por suerte, no intentó arrancárselo.

—Ahora dale tú las órdenes — dijo Dick a Nobby, que empezó a hablar despacio y con gran seriedad al atento animal.

—¿Dónde está Larry? Vete con Larry, *Pongo*. ¡Busca a Larry! ¡Vete! ¡Vete!

El animal le hizo un guiño y emitió un extraño ruidito, como si dijese: «Por favor, Nobby, no me eches, no me quiero ir.»

Nobby le repitió todo el recado.

—¿Comprendes, *Pongo*? Yo creo que sí. Vete entonces. ¡Vete! ¡Vete!

El inteligente chimpancé se dio al fin la vuelta, alejándose. Chapoteando, desapareció en la corriente. Los chiquillos alumbraron el camino durante todo el tiempo que les fue posible.

—Es listísimo — exclamó Ana —. El pobrecillo no quería marcharse ni a tiros. Espero que encuentre a Larry y que éste vea la nota. Así mandará a alguien para que nos rescate.

—Esperemos que el papel no se deshaga en el agua — murmuró Julián, pensativo —. ¡Caramba, qué frío tengo! Vamos a correr otro poco y luego tomaremos un pedazo de chocolate.

Corrieron un rato, jugando a «Tú-la-llevas», hasta que volvieron a entrar en calor. Entonces decidieron sentarse a tomar el chocolate y entretenerse con adivinanzas para matar el tiempo. *Tim* se sentó junto a Julián, lo que regocijó al muchacho.

—Es como tener al lado una manta eléctrica — comentaba— Más cerquita, *Tim*... Eso es. Vas a conseguir que entre en calor en seguida.

Al cabo de un rato comenzaron a sentirse aburridos, sentados allí casi en tinieblas, puesto que no se atrevían a mantener encendida más que una linterna, pese a lo cual a la de Julián ya se le estaba terminando la pila. Cuando hubieron jugado a todo lo imaginable, empezaron a bostezar.

—¿Qué hora es? — preguntó Ana —. Debe de estar anocheciendo. Tengo muchísimo sueño.

—Son casi las nueve — contestó Julián —. Espero que *Pongo* ya habrá llegado al campamento y encontrado a alguien. Si es así, creo que pronto tendremos ayuda.

—Bueno, pues entonces, mejor será que nos vayamos al corredor que comunica la salida — propuso Dick, levantándose —. Es muy posible que Larry, o quien sea el que venga, no vea los peldaños de la cueva pequeña y no nos encuentre.

Esto les pareció a todos muy verosímil y se pusieron en camino, descendiendo por el túnel que conducía al escondite del tesoro y desembocaba en la enorme caverna.

Muy cerca del agujero por el que se penetraba en la cueva inferior había un agradable rinconcillo arenoso. Decidieron quedarse allí mismo, ya que disfrutarían de mayor comodidad que en el pasillo o en la rocosa e inhóspita caverna. Se sentaron muy juntos para abrigarse, y se dieron cuenta de que volvían a sentir hambre.

Ana y Nobby acabaron por dormirse y Jorge también empezaba a dormitar. *Tim* y los muchachos, por el contrario, se mantenían despiertos y hablaban en voz baja. Como es natural, el perro no hablaba. Sin embargo, movía la cola en señal de asentimiento a cualquier cosa que Julián o Dick dijesen. Éste era su modo peculiar de participar en las conversaciones.

Tras lo que les pareció una inacabable espera, *Tim* lanzó un gruñido, y los dos chicos se enderezaron. Fuese lo que fuese lo que los agudos oídos del animal habían percibido, aún no se dejaba oír lo suficiente como para que los chiquillos lo asustasen. Por unos instantes siguieron sin oír nada, aunque *Tim* continuaba gruñendo.

Julián sacudió a los otros hasta despertarlos.

—Creo que ha llegado ayuda — dijo en voz baja —. No obstante, me parece preferible que no revelemos nuestra presencia, por si son Lou o Dan que vuelven. De manera que levantaos y espabilad.

Al momento se hallaban todos completamente despiertos. ¿Sería Larry, que venía en su ayuda, o aquellos espantosos bandidos? Pronto lo supieron. Súbitamente, una cabeza asomó por el agujero y la luz de una linterna cayó sobre ellos. *Tim* gruñó furioso y luchó por liberarse y saltar sobre el intruso, pero Jorge lo asió con fuerza, pensando que se trataría de Larry.

No lo era. ¡Era Lou, el acróbata! Los chiquillos se dieron cuenta tan pronto como oyeron su voz. Julián lo iluminó a su vez con su linterna.

—Supongo que ya os habréis divertido bastante — dijo con su aspereza habitual —. ¡Eh, tú! Sujeta bien a ese bicho o le pego un tiro, ¿comprendido? Esta vez no estoy dispuesto a aguantar ni tanto así. Mira, he traído un arma.

Jorge comprobó aterrada que Lou estaba apuntando a *Tim*. Dio un grito y le protegió con su propio cuerpo.

—No se atreva a tocar a mi perro o le... le...

No se le ocurría nada lo bastante terrible para vengarse del hombre que se hubiese atrevido a disparar sobre *Tim*. Lágrimas de rabia y de miedo le impidieron seguir hablando. El perro, que no tenía la menor idea de lo que era una pistola, no podía entender por qué razón no le dejaban atacar a su enemigo, estando además en una postura tan propicia, con la cabeza sobresaliendo del agujero. Él sabría deshacerse de aquel energúmeno en unos minutos.

—Y ahora, mocosos, en pie. Entrad en aquel túnel. No os atreváis a volveros. Tenemos mucho que hacer esta noche y no queremos más complicaciones con chiquillos, ¿de acuerdo?

Los niños lo entendían perfectamente. Echaron a andar hacia la entrada del túnel y, uno tras otro, la escalaron. Primero Jorge con *Tim*, al que no se atrevía a soltar ni por un momento. A corta distancia detrás de ellos venía Lou, con su revólver, y Dan, con un par de enormes sacos.

Los chiquillos se vieron obligados a pasar por delante del estante en que se guardaba el botín. Luego Lou se sentó en el túnel, con la linterna dirigida de pleno contra el grupo, para poder seguir los movimientos de cada chiquillo. Continuaba apuntando al perro.

—Bueno, ahora continuemos — le dijo a «Tigre Dan» —. Ya sabes lo que hay que hacer. Date prisa.

Dan comenzó a meter las cosas a toda velocidad en uno de los sacos que había traído. Cuando lo hubo llenado, se alejó con él. A los diez minutos aproximadamente volvió y llenó el otro saco. Estaba bien claro que esta vez los hombres habían resuelto llevárselo todo.

—Ya os imaginaríais que habíais hecho un buen descubrimiento, ¿verdad? — preguntó Lou con burla a los chiquillos —. Sí, claro que sí, fuisteis muy listos... Pues ahora ya sabéis lo que les pasa a las listezas como vosotros. Estáis presos y os quedaréis aquí unos cuantos días.

—¿Qué quiere usted decir? — preguntó alarmado Julián —. No pensarán dejarnos morir aquí, ¿verdad?

—No, os hemos tomado demasiado cariño — contestó

Lou con una mueca —. Ya os echaremos comida por el túnel y, a lo mejor, si tenéis suerte, dentro de unos días os rescata alguien.

Julián deseó con toda su alma que *Pongo* acudiese con ayuda antes de que Lou y Dan acabasen su tejemaneje y se marchasen, dejándolos encerrados. Contemplaba el animado trabajo de «Tigre Dan» empaquetándolo todo, acarreándolo, volviendo y atiborrando con febril actividad otro saco. Lou continuaba sentado con la linterna y el revólver, disfrutando a ojos vistas ante la caras de susto de Nobby y las niñas. Julián y Dick conservaban una apariencia determinada y valerosa que estaban muy lejos de sentir.

«Tigre Dan» se alejó con otro saco cargado. Apenas habían pasado dos minutos de su marcha, cuando su voz se dejó oír a lo largo del túnel:

—Lou, ¡socorro, socorro! ¡Algo me está atacando! ¡Socorro!

Lou se levantó y bajó a toda prisa por el túnel.

—Es *Pongo*, seguro que es *Pongo* — exclamó Julián, excitado.

Capítulo XXI

LA GRAN IDEA DE DICK

—Escuchad—dijo Dick en tono premioso—. Puede que sea *Pongo* que viene solo, lo cual significa que no ha bajado al campamento, sino que se ha quedado por aquí y, finalmente, se ha metido por el agujero siguiendo a «Tigre Dan». Si es así, no vamos a contar con muchas oportunidades, porque Lou lleva un revólver y le pegará un tiro. Entonces nadie vendrá a rescatarnos. Así que me voy a escurrir por el túnel mientras hay ocasión y me esconderé en la cueva grande.

—¿Y de qué nos valdrá eso?—preguntó Julián.

—¡No seas tonto! Porque así a lo mejor me puedo deslizar hasta el pasadizo que da a la entrada y salir antes de que los otros se den cuenta—contestó el chico, poniéndose en pie—. De este modo podré buscar ayuda, ¿entendido? Mejor será que vosotros os alejéis y os escondáis por algún lado. Busca un buen sitio, Julián, por si esos dos os persiguen cuando adviertan que uno de nosotros ha desaparecido. ¡Vamos, de prisa!

Sin una palabra más, el muchacho empezó a descender por el túnel, cruzó ante el estante, en el que ahora quedaban muy pocas cosas, y salió a la enorme cueva.

Reinaba allí un tremendo alboroto, pues, al parecer, *Pongo* había echado mano a los dos hombres al tiempo.

Las linternas habían caído al suelo, apagándose, y Lou no se atrevía a disparar por miedo a herir a Dan. Sin embargo, Dick apenas alcanzaba a ver nada de esta escena. Tan sólo oía los gruñidos y los gritos. Dio un amplio rodeo en torno al montón de objetos apilados en el suelo y se dirigió a tientas, tan rápido como pudo, hacia donde suponía que se encontraba el hoyo que comunicaba con el corredor. Tenía que andar con mucho cuidado, so pena de caer en él. Por último, lo encontró y saltó a la cueva de abajo. Entonces, pensando que ya no corría peligro de que descubrieran la luz, encendió la linterna para poder ver el camino. En unos minutos estuvo fuera del túnel. Corría ya por la explanada, cuando se detuvo ante una súbita idea. Si se marchaba, encontraría sin duda ayuda, pero los dos bandidos ya se habrían escapado. Lo tenían todo preparado para hacer una retirada en regla.

Suponiendo que pusiera las tablas sobre el agujero, apretándolas con todas sus fuerzas, y colocase encima unas cuantas piedras..., ¿cómo resultaría? Desde luego, él solo no lograría trasladar la carreta a su sitio sobre las tablas. Era demasiado pesada para él. No obstante, unas cuantas piedras producirían posiblemente el mismo efecto y los hombres se imaginarían que tenían el carromato otra vez encima, obstruyendo la entrada.

Presa de una gran excitación, Dick encajó las tablas en su lugar. Luego, jadeando y dando resoplidos, ayudado por la luz de la linterna, buscó piedras. Había muchas de buen tamaño por allí cerca. No fue capaz de levantarlas, pero se las arregló para hacerlas rodar hasta dejarlas caer encima de las tablas. ¡Plong!... ¡Plong!... ¡Plong!... Una a una, transportó todas las que pudo. Ahora nadie sería capaz de mover las planchas de madera desde abajo.

«Lo malo es que he encerrado a los demás con esos dos tipos —pensó el muchacho—. Espero que Julián encuentre un buen escondrijo, aunque sea por poco tiempo. ¡Demonios! ¡Qué calor tengo! Ahora a bajar por la colina todo lo de prisa que pueda. Confiemos en que no me pierda en la oscuridad.»

Entre tanto, en la cueva, los dos hombres habían conseguido al fin liberarse del enfurecido chimpancé. Los dos se hallaban magullados y heridos, pero *Pongo* no se sentía tan fuerte ni tan salvaje como de costumbre, a causa de la pérdida de sangre que había sufrido. Cuando entre los dos consiguieron quitárselo de encima, el animal marchó derecho en dirección al túnel, olfateando el rastro de los chiquillos. Si Lou hubiese localizado en aquel momento su revólver, el animal hubiese recibido sin duda un tiro. Sin embargo, en la oscuridad no pudo encontrarlo y tuvo que buscar primero la linterna, que, aunque aparecía bastante estropeada, se encendió tras golpearla un par de veces contra el suelo. La enfocó sobre Dan.

—Debíamos haber buscado primero a ese maldito mono, cuando vimos que se había escapado — refunfuñó éste —. Se ve que ha mordido la cuerda hasta romperla. Teníamos que haber pensado que andaría por aquí cerca. Por poco me liquida. Saltó sobre mí, en la oscuridad... Menos mal que se tiró encima del saco, no sé si me...

—Bueno, vamos a recoger lo que queda y a marcharnos — dijo Lou, que estaba bastante maltrecho —. Sólo queda una carga. Volveremos al túnel, les pegaremos un susto a los críos y un tiro a *Pongo*, si es que podemos, y nos largamos pitando. Luego les podemos tirar unos cacharros de comida al túnel y cerrarlo bien.

—Chico, yo no me arriesgo a encontrarme con ese bicho otra vez — dijo Dan —. Dejemos el resto. Vamos, lo mejor es salir cuanto antes.

Lou tampoco sentía un especial interés por tropezarse con *Pongo*, de manera que, con la linterna encendida y el revólver preparado, siguió a Dan hacia el agujero que conducía a la primera cueva. Descendieron y recorrieron todo el pasadizo, ansiosos por abandonar aquel maldito lugar y marcharse, al abrigo de la oscuridad, con su vagón bien repleto.

Cuando descubrieron que el agujero estaba cerrado, se llevaron una amarga sorpresa. Lou dirigió su linterna hacia arriba y contempló, atónito, la superficie inferior de las tablas. ¡Alguien las había colocado de nuevo en su sitio! ¡Esta vez eran ellos los prisioneros!

«Tigre Dan» enloqueció de rabia. Uno de sus frecuentes ataques de ira lo dominó y empezó a golpear las tablas como un poseso, mas los pesados pedruscos las mantuvieron y el furioso individuo, jadeando, se dejó caer al fin junto a su compinche.

—¡No puedo levantar las tablas! ¡Alguien nos ha puesto la carreta encima del agujero! ¡Estamos encerrados!

—Pero, ¿quién nos pudo haber hecho prisioneros? ¿Quién ha puesto las tablas en su sitio? — gritaba Lou fuera de sí —. ¿Podrán haberse escurrido los chiquillos mientras luchábamos con el mono?

—Vamos a ver si los críos siguen allí — dijo Dan torvamente —. Te juro que nos van a pagar esta jugarreta. Vamos.

Los dos hombres volvieron de nuevo hasta.el túnel. Los chiquillos ya no se encontraban allí. Julián, teniendo en cuenta el aviso de Dick, se había puesto en marcha, tratando de buscar un buen escondite. Repentinamente se le había ocurrido la idea de que quizá Dick pensase en cerrar la entrada de la cueva. Si era así, Lou y Dan regresarían furiosos hasta el borde de la locura. Así, pues, remontaron el túnel, saliendo a la cueva del manantial. Parecía imposible encontrar allí el menor escondrijo.

—No sé dónde nos vamos a meter — dijo Julián, desesperado —. No nos conviene seguir el arroyo otra vez. Sólo conseguiremos empaparnos y, además, desde allí no podremos escapar como esos dos nos vengan detrás.

—Estoy oyendo algo — dijo de pronto Jorge —. ¡Apaga la luz, Julián, corre!

La linterna fue apagada y los niños aguardaron en la oscuridad. *Tim* no gruñía. Por el contrario, Jorge se dio cuenta de que estaba moviendo el rabo.

—Es algún amigo — musitó —. Por allí viene. Debe de ser *Pongo*. Enciende.

La luz brotó iluminando al chimpancé que se dirigía hacia ellos, atravesando la caverna. Nobby dio un grito de alegría.

—Ya tenemos a *Pongo* — dijo —. *Pongo*, ¿estuviste en el campamento? ¿Nos trajiste ayuda?

—No, no ha estado en el campamento — respondió Julián, al ver que la nota seguía atada al cuello del animal —. Todavía lleva nuestra carta. ¡Vaya un chasco!

—Es muy listo, pero no tanto como para entender un mensaje tan difícil — comentó Jorge —. ¡Ay, *Pongo*, si hubieras sabido que estábamos pendientes de ti...! Bueno, no hay qué preocuparse. A lo mejor, Dick logra escaparse y nos trae ayuda. Julián, ¿dónde nos vamos a esconder?

—¿Y por qué no corriente arriba? — exclamó Ana de repente —. Ya intentamos ir hacia abajo, pero no hemos probado la dirección contraria. ¿Creéis que sería un buen refugio?

—Vamos a ver — repuso Julián, escéptico. No le entusiasmaba la idea de remontar corrientes de agua que tenían la mala costumbre de volverse más profundas cuando nadie lo esperaba —. Voy a iluminar el túnel, a ver qué aspecto tiene.

Se dirigió a la corriente y enfocó el túnel por el que el agua descendía.

—Creo que podremos caminar sobre ese bordillo — exclamó —, aunque tendremos que marchar casi en cuclillas y el agua baja tan rápida que hay que tener mucho cuidado para no resbalar y caernos dentro.

—Yo iré el primero —dijo Nobby—, y tú el último, Julián. Las niñas pueden ir en medio, con *Tim* y *Pongo*.

El muchacho se adentró sobre el estrecho bordillo en el rocoso túnel. Todos le siguieron: las niñas, los animales y Julián. Por desgracia, en el momento en que éste estaba a punto de ocultarse, los dos hombres penetraron en la caverna y, por pura casualidad, la luz de su linterna cayó de pleno sobre el muchacho, que no pudo evitar que se le escapase un grito.

—¡Allí hay uno! ¡Mira, allí! ¡Vamos!

Los hombres corrieron hacia el túnel en donde brotaba el manantial y Lou lo alumbró con su linterna. Descubrió la hilera de chiquillos, con Julián al final. Estirando el brazo, lo agarró y lo sacó del túnel a tirones.

Cuando Ana vio que habían cogido a Julián, empezó a chillar, mientras Nobby, espantado, temblaba de pies a cabeza. *Tim* gruñía con ferocidad y el chimpancé emitía unos extraños sonidos.

—Mirad para acá —oyeron decir a Lou—. Tengo una pistola en la mano y les pegaré un tiro al mono y al perro si se atreven a sacar las narices fuera del túnel. ¡Ya podéis sujetarlos bien si queréis salvarles la vida!

Pasó a Julián a manos de «Tigre Dan», quien lo asió con firmeza por el cuello. Lou enfocó de nuevo la linterna para contar a los niños.

—¡Hombre, pero si aquí está Nobby! Ven aquí, majo, ven aquí.

—Si salgo, *Pongo* saldrá también —contestó el muchacho—. Y ya sabes que a lo mejor te agarra antes de que tú puedas echarle mano.

Lou meditó unos momentos. El enorme animal le producía verdadero pesar.

—Bueno, pues quédate ahí con él, y que la niña se quede también, con el perro. El otro chico que salga.

Lou había imaginado que Jorge era un muchacho, lo que a ésta no molestaba en absoluto. Por el contrario, le agradaba que los demás supusieran que no era una niña. Con toda prontitud le contestó:

—No puedo salir, porque el perro se vendría detrás y no quiero que le pegue usted un tiro.

—¡Sal de ahí, te digo! —repitió Lou amenazador—. Voy a enseñaros lo que les pasa a los mocosos que se dedican a espiar y a meter los hocicos en lo que no les importa. Nobby ya lo sabe, ¿no es verdad, Nobby? Y ya se aprendió la lección, pero vosotros la vais a aprender ahora mismo.

Dan le llamó:

—Oye, tenía que haber otra chica. Nobby dijo que eran dos chicos y dos chicas. ¿Dónde está la otra cría?

—Supongo que estará en el túnel, más arriba —repuso Lou, esforzándose por verla—. Vamos, vamos, ¡sal de ahí de una vez, chico!

Ana empezó a llorar.

—No vayas, Jorge, no vayas, por favor... Te van a pegar... Diles que eres una...

—¡Cállate! —la atajó Jorge con fiereza, añadiendo en un susurro—: Si digo que soy una mujer, se darán cuenta de que falta Dick y se pondrán mucho más furiosos. ¡Sujeta bien a *Tim*!

La pequeña se aferró al collar con sus temblorosas manos. Jorge ya se dirigía hacia la caverna. Julián, sin embargo, no estaba dispuesto a consentir que le pegaran. A ella podía agradarle creerse un muchacho, pero él no iba a dejar que la trataran como a tal. Empezó a rebullirse contra Dan.

Lou echó mano a Jorge cuando ésta salía del túnel. En el mismo momento, Julián lanzó una rápida y violenta

patada en dirección a la linterna, obligándole a soltarla.
El pequeño aparato subió casi hasta al techo de la caverna y, luego, con un estallido, se estrelló en el suelo, apagándose. De pronto, reinó en la cueva la más completa oscuridad.

—¡Al túnel, Jorge, vete con Ana! —gritaba Julián—.
¡*Tim, Tim!* ¡Aquí, pronto! ¡*Pongo*, ven aquí!

—¡No, no, que le pegarán un tiró! —gritó Jorge aterrada, al sentir que el perro cruzaba a su lado como una exhalación y se lanzaba hacia la cueva.

Aún estaba hablando, cuando resonó un disparo. Era Lou, tirando a ciegas hacia donde suponía que se encontraba *Tim*. Jorge soltó un chillido.

—¡*Tim, Tim!* Dime que no estás herido. No estás herido, ¿verdad? ¡*Tim!*

Capítulo XXII

EL FIN DE LA AVENTURA

No, *Tim* no estaba herido. La bala había cruzado por detrás de su cabeza, yendo a estrellarse contra la pared de la caverna. El perro se abalanzó a las piernas de Lou, que se derrumbó entre crujidos y gritos, mientras el revólver se le escapaba de entre las manos. Julián lo oyó golpear el suelo rocoso de la cueva y emitió un suspiro de alivio.

—¡Enciende la linterna, Jorge, rápido! —le gritó—. Tenemos que ver lo que hacemos. ¡Cielos, ahí viene *Pongo*!

«Tigre Dan» lanzó un alarido de pánico cuando, a la luz de la linterna, comprobó que el chimpancé se le echaba encima. Con todas sus fuerzas, asestó a *Pongo* un tremendo puñetazo en la cara que le hizo detenerse y, dándose la vuelta, echó a correr desalado. Entre tanto, Lou intentaba evitar que *Tim* le alcanzase la garganta, dando frenéticas patadas al excitado animal.

Dan corrió hacia el túnel, frenando en seco, atónito ante un inesperado espectáculo: cuatro voluminosos policías salían del túnel encabezados por Dick. Uno de ellos llevaba una pistola. En el acto, Dan levantó los brazos en alto.

—¡*Tim*, suéltalo! —ordenó Jorge, al comprender que ya no era necesaria la eficaz colaboración del entusiasmado animal. Éste le dirigió una mirada cargada de reproches, que parecían decir: «Pero, ama, ahora que me estaba divirtiendo tanto... Déjame que me lo coma...»

En aquel momento, el animal se dio cuenta de que habían entrado cuatro hombres más y empezó a gruñir furiosamente. ¡Cómo! ¿Más enemigos? ¡Pues bien, se las entendería con todos!

—¿Qué pasa?—preguntó el primer hombre, el inspector, sin duda alguna—. Levántese, usted, el del suelo. ¡Vamos, levántese!

Lou obedeció con dificultad. *Tim* le había hincado los dientes en algunos sitios y le había dejado la ropa hecha jirones. Los cabellos le caían sobre los ojos. Se quedó mirando a los policías con la boca abierta, con la expresión de la más profunda sorpresa. ¿Cómo habría llegado la *poli* hasta allí? Entonces descubrió a Dick.

—De manera que uno de vosotros se había escapado y nos había encerrado aquí abajo, ¿no?—dijo, gritando—. Ya me lo podía haber imaginado. Espera a que...

—Contenga su lengua, Lewis Allburg—le amonestó el inspector—. Hable cuando se le dé permiso. Ya que tiene tantas ganas de hablar, supongo que no tendrá inconveniente en explicarnos todo lo que hemos oído acerca de usted.

—¡Dick! ¿Cómo volviste tan pronto?—gritó Julián abrazando a su hermano—. Yo creí que tardarías horas en volver. No has tenido tiempo de llegar a la ciudad y regresar, ¿verdad?

—No, salí como una bala y me fui a casa de los Mackie. Desde allí llamé a la policía por teléfono. Así, llegaron mucho más rápido en los coches—explicó Dick haciendo una mueca—. ¿Todos estáis bien? ¿Dónde están Ana y Nobby?

—Allí. Mira, ahora salen del túnel—dijo Julián, enfocándolos con la linterna.

Dick vio el rostro pálido y asustado de la pequeña y se acercó a ella.

—Pero si no pasa nada, Ana. Ya ha terminado todo. ¡Hale! Sonríe, ya no hay peligro.

Ana correspondió con una desdibujada sonrisa. *Pongo* le cogió la mano, emitiendo cariñosos gruñidos, lo que le hizo sentirse algo más animada. Jorge llamó a *Tim*, temerosa de que pretendiese dejarle a Lou un último recuerdo. Lou se volvió y la miró. Luego a Dick y a Julián y, por último, a Ana.

—¡Pues si sólo había una chica! ¿Para qué me dijiste que eran dos chicos y dos chicas? —preguntó a Nobby.

—Porque lo son —contestó Nobby señalando a Jorge—. Es una chica, aunque parezca chico. Y vale para todo igual que un chico.

Jorge se sintió orgullosa y contempló desafiante a Lou, que se hallaba en manos de un recio policía, mientras que «Tigre Dan» era conducido hacia fuera por dos más.

—Creo que más vale que abandonemos este lugar tan sombrío —comentó el inspector, guardándose el cuadernillo en el que había estado garrapateando a toda velocidad—. ¡Mar... chen!

Julián marchaba delante, mostrando el camino a través del túnel. Cuando llegaron a la estantería en que los hombres habían apilado el producto de sus robos, el inspector se encargó de recoger lo poco que quedaba, siguiendo luego el camino, mientras «Tigre Dan» murmuraba y gruñía entre dientes.

—¿Van a llevarlos a la cárcel? —musitó Ana a Dick.

—Puedes darlo por seguro —contestó éste—. Hace mucho tiempo que debían encontrarse allí. Sus «trabajos» han tenido a la policía en jaque durante cuatro años.

Salieron del túnel para entrar en la caverna de los muros fosforescentes, bajaron por el agujero y entraron en la pequeña cueva donde empezaba el pasadizo que conducía a la salida. Las estrellas brillaban por encima del negro boquete y los chiquillos se sintieron aliviados al verlas. Ya estaban cansados de andar bajo tierra.

Para Lou y Dan, el viaje no había resultado muy cómodo, dado que sus guardianes sabían muy bien lo que era agarrar fuerte.

Una vez en el exterior, al aire libre, fueron esposados y conducidos al gran coche negro de la policía, que los esperaba un poco más abajo, en la carretera.

—Y vosotros, niños, ¿qué vais a hacer? — preguntó el voluminoso inspector, que se había sentado al volante del coche —. ¿No sería mejor que os vinieseis a la ciudad con nosotros después de esta agitada aventura?

—¡Oh, no, muchas gracias! — respondió Julián con su habitual cortesía —. Estamos muy acostumbrados a las aventuras. Ya hemos tenido muchas. Además, con *Tim* y *Pongo*, estaremos bien seguros.

—Bueno, yo, la verdad, no podría decir que me sintiese seguro en compañía de un chimpancé — comentó el inspector —. Vendremos mañana por la mañana a echar una ojeada y haceros unas cuantas preguntas, que estoy seguro no os importará contestar. Bueno, muchas gracias por ayudarnos a pescar a estos dos peligrosos ladrones.

—¿Y la vagoneta de las mercancías? — preguntó Dick —. ¿Van a dejarla aquí? Tiene un montón de tesoros...

—No, uno de los hombres la llevará a la ciudad — contestó el inspector, señalando con la cabeza a un policía que, en posición de firmes, esperaba sus órdenes —. Él nos seguirá. Sabe guiar bien a los caballos. Bueno, cuidaos mucho. Hasta mañana.

El coche arrancó con brusquedad. El inspector lo controló en seguida y el vehículo se deslizó silenciosamente por el tortuoso y pendiente camino.

El policía que llevaba la vagoneta lo seguía con lentitud, arreando al caballo, que no parecía sorprendido en absoluto de haber cambiado de conductor.

—Bueno, ya ha acabado todo—suspiró Julián, aliviado—. Y, por suerte, hemos salido bien librados de ésta. ¡Caramba, Dick! ¡Qué alegría me diste al aparecer con los *polis* tan rápido! Fue una idea luminosa ir a telefonear a la granja.

Dick empezó a bostezar.

—Debe ser horriblemente tarde—dijo—. Más de medianoche. Pero tengo tantísima hambre que necesito comer algo antes de meterme en la cama.

—¿Qué tienes por ahí, Ana?—preguntó Julián.

Ana se animó en el acto.

—Voy a ver—dijo—. Seguro que encuentro algo.

En pocos minutos preparó todo lo necesario. Abrió dos latas de sardinas, para hacer bocadillos, y dos de melocotones, de manera que, casi amaneciendo, se pusieron a cenar, sentados en el suelo de la carreta de Jorge.

Pongo cenó tan bien como cualquiera y *Tim* mordiscó un hueso con excelente apetito.

No tardaron en dormirse. Se hallaban tan cansados que, cuando hubieron acabado de comer, se acostaron sin desnudarse siquiera. Se subieron a las literas, tal como estaban, e inmediatamente se quedaron como troncos, Nobby abrazado a *Pongo*, y *Tim*, siguiendo su costumbre, a los pies de Jorge. La paz se extendió sobre los remolques y aquella noche no hubo nadie que fuese a molestarlos.

Durmieron hasta bien entrada la mañana. Se despertaron sobresaltados ante un sonoro golpeteo a la puerta de la carreta de los chicos. Julián se levantó de un salto y se acercó a la puerta, preguntando:

—¿Quién es?

—Somos nosotros—le respondió una voz familiar, al tiempo que se abría la puerta. Mackie, el granjero, acompañado por su mujer, penetró en la vivienda, ambos presa de visible inquietud.

—Estábamos muy preocupados por si os había pasado algo — dijo el anciano —. Como ayer saliste corriendo después de telefonear — añadió, dirigiéndose a Dick — y no volviste a aparecer...

—Debía haber regresado para explicarles lo que había ocurrido — respondió Dick, sentándose, aún con los revueltos cabellos sobre los ojos. Se los echó hacia atrás —. Lo siento, pero me olvidé. La policía vino a la cueva conmigo y cogieron a los dos hombres y todo su botín. Eran dos bandidos muy famosos. Resultó una noche muy emocionante. Muchísimas gracias por permitirme usar su teléfono.

—Ya sabéis que siempre sois bien recibidos — respondió la buena mujer —. Os he traído comida.

Llevaba dos cestos atestados de provisiones. En cuanto los hubo visto, Dick se sintió de repente despabilado y hambriento.

—¡Oh, gracias! Es usted una persona excelente.

Nobby y *Pongo* surgieron entonces de entre los cojines y la señora Mackie apenas logró ahogar un chillido.

—¡Jesús María! ¿Qué es eso? ¿Un mico?

—No, un chimpancé, señora — replicó Nobby con gran finura —. No se preocupe, no es peligroso. ¡Eh! ¡Saca la mano del cesto, *Pongo*!

El animal, que había esperado una ocasión propicia para su pequeña trapisonda, se cubrió la cara con su peluda manaza, contemplando entre los dedos a la señora Mackie.

—Mira — dijo ella entre risas —, parece un chiquillo cogido en falta, ¿verdad, Ted?

—Sí — contestó su esposo —. Es como un niño travieso...

—Bueno, tengo que marcharme — explicó la mujer, sonriendo a las niñas, que acababan de presentarse en la vivienda de los chicos, para enterarse de quiénes eran los visitantes —. Pasad por la granja siempre que necesitéis alguna cosa. Ya sabéis que nos encantará veros.

—¿Verdad que son unos soletes? — comentó Ana mientras los granjeros se alejaban por el sendero —. ¡Madre mía, cómo vamos a desayunarnos de bien! Tocino, tomates, rábanos recién cogidos, escarola..., y..., ¿quién quiere miel reciente?

—¡Fantástico! — exclamó Julián —. Vamos a comer en seguida. Ya nos lavaremos luego.

Sin embargo, Ana, muy en su papel de ama de casa, los obligó a asearse primero.

—Nos sabrá mejor cuando estemos limpios — les explicó —. Estamos más sucios que los cerdos. Bueno, tenéis cinco minutos... y, además, ¡el desayuno más exquisito!

—¡A la orden, jefa! — contestó Nobby con un guiño, marchando con los otros para lavarse en el arroyo.

Luego volvieron y se sentaron en su soleado banquillo, para deleitarse con los sabrosos productos de la granja de los Mackie.

Capítulo XXIII

¡ADIÓS, ADIÓS, EXCURSIONISTAS...!

Antes de que hubieran concluido con el desayuno, el potente motor del coche del inspector se dejó oír por el camino. Traía en su compañía un vivaz agente, a fin de que tomara nota de la declaración de los niños.

—Hola, ¿qué hay? — preguntó el inspector, echando una ojeada a la espléndida exhibición de golosinas que ocupaban el banco —. Ya veo que os cuidáis como es debido.

—¿Quiere usted un poco de pan reciente con miel? — preguntó Ana, con sus más exquisitos modales —. ¡Sí, por favor, si tenemos bastante!

—Gracias — contestó el inspector sentándose con ellos.

Entre tanto, el otro policía vagaba de un lado a otro, examinándolo todo. El inspector devoraba su pan con miel a dos carrillos, mientras los chiquillos le relataban su extraordinaria aventura.

—Tuvo que haber constituido la más desagradable de las sorpresas para aquellos dos tipejos el encontrarse vuestras carretas precisamente encima de la entrada de su escondite — comentó el inspector —. Sí, de las más desagradables.

—¿Han examinado ya las mercancías? — preguntó Dick con ansiedad —. ¿Son valiosas?

—De una riqueza incalculable — contestó el inspector, al tiempo que cogía otro pedazo de pan y lo untaba generosamente de miel —. Incalculable — repitió —. Esos dos bandidos, al parecer, robaban a tiro fijo, siempre cosas cuyo gran valor conocían. Luego las escondían durante un par de años, hasta que cesaban el escándalo y la búsqueda y entonces las sacaban y las despachaban con toda tranquilidad por intermedio de unos amigos de Bélgica y Holanda.

—«Tigre Dan» solía actuar en otro tiempo en circos holandeses — dijo Nobby —. Muchas veces me lo ha contado. Tenía amigos en toda Europa. Bueno, amigos de los circos, ya me entiende.

—Sí, así le resultaba tan fácil colocar los artículos en el extranjero — contestó el policía —. Por lo visto, habían planeado partir hoy hacia Holanda. Pensaban preparar todo entre él y Lou, mejor dicho, Lewis Allburg, y marcharse a vender la mayoría de sus tesoros. Los atrapasteis en el momento preciso.

—Fue una verdadera suerte — intervino Julián —. Casi, casi, consiguen llevárselo todo. Si a Dick no se le hubiese ocurrido escapar mientras *Pongo* los atacaba, todavía estaríamos presos ahí abajo, mientras esos dos ya irían camino de Holanda.

—¡Ha sido un trabajo fino de verdad, chavales! — exclamó el inspector con gesto de aprobación, contemplando con glotonería el tarro de la miel —. Es una miel riquísima, ¿verdad? Tengo que comprarle un poco a la señora Mackie.

—Tome más — ofreció Ana, recordando su papel de anfitriona —. Ande, aún queda otro pan entero.

—Bueno, entonces tomaré otro poquito — concedió el inspector, cogiendo otra rebanada de pan y untándola con la dorada miel. Apenas quedaba ya en el tarro un dedo de miel, que se reservaba para que *Pongo* lo lamiera.

Ana pensaba en lo agradable que resultaba ver a una persona mayor que disfrutaba comiendo pan y miel tanto como los chiquillos.

—Ese Lou había hecho algunos trabajitos francamente notables — dijo el inspector —. Una vez pasó del tercer piso de una casa a la manzana de enfrente por encima de la calle y nadie puede explicarse cómo lo hizo.

—Eso para Lou era de lo más fácil — interrumpió Nobby, perdiendo de pronto el miedo que sentía por el voluminoso inspector —. Tiraría una cuerda, enlazando algo con ella, una tubería o algo así, la sujetaría bien y pasaría por encima. ¡Es maravilloso en la cuerda! ¡No hay nada que él no sepa hacer en la cuerda floja!

—¡Claro..., claro! — dijo el inspector —. Nunca se me habría ocurrido... No, gracias, ya no tomo más miel. El chimpancé me devoraría si no le dejase siquiera un poco.

Pongo cogió el tarro y, sentándose tras uno de los remolques, relamió con su larga lengua todo lo restante. Cuando *Tim* se le acercó corriendo para ver lo que había cogido, el animal levantó el recipiente en alto y pretendió charlar con él: «¡Charro, chacharro, chacharro...!», parecía que decía.

El perro pareció francamente sorprendido y se volvió corriendo al lado de su ama, quien estaba escuchando con gran interés lo que contaba el inspector acerca de las cuevas.

—Son muy antiguas — les decía —. Había una entrada un poco más abajo, pero se produjo un corrimiento de tierras y quedó cerrada. Nadie se molestó en abrirlas de nuevo, pues las cuevas no tienen nada de particular.

—¡Huy, claro que lo tienen! — exclamó Ana —. Sobre todo la de los muros brillantes...

—...Pues bien, supongo que un día Lou y Dan encontraron por casualidad otra entrada — prosiguió el policía —, la que vosotros conocéis, ese agujero que penetra en la colina. Me imagino que pensarían que se trataba de un magnífico escondite para ocultar su botín. Completamente seguro, muy seco y muy cerca de su campamento de verano. ¿Qué más se podía desear?

—Y continuarían con sus rapiñas durante años y años al contar con tan buen escondrijo, si no llegamos a colocarles el carro justamente encima del agujero — concluyó Julián —. ¡Sí que ha sido mala pata para ellos!

—¡Y muy buena para nosotros! —añadió el inspector—. Lo cierto es que ya sospechábamos de ellos y por una o dos veces habíamos registrado el circo con el fin de buscar los objetos robados, pero se ve que se enteraban a tiempo y los sacaban de allí para esconderlos aquí.

—¿Ha estado usted en el circo ahora, señor? — preguntó de pronto Nobby.

El inspector asintió.

—Sí, hemos estado allí esta mañana interrogando a todos. ¡Menudo revuelo se armó!

El rostro de Nobby se había ensombrecido.

—¿Qué te pasa, Nobby? — preguntó Ana al advertirlo.

—¡Menudo chaparrón me va a caer encima cuando vuelva al campamento! —contestó el muchacho—. Dirán que es culpa mía que los *polis* anduvieran por allí rondando. Es que a los del circo no nos gustan mucho los «polizontes», ¿comprende? ¡Ay, la que me van a armar cuando vuelva. ¡Yo no quiero volver!

Aunque ninguno respondió, todos quedaron pensando en la suerte que correría el pobre Nobby ahora que su tío se encontraba en la cárcel. Al fin Ana le preguntó:

—¿Con quién vas a vivir ahora en el circo?

—¡Qué más da! Cualquiera se prestará a llevarme y me hará trabajar—contestó el muchacho—. Si pudiese estar con los caballos, no me importaría, pero Rossy no me dejará, claro. ¡Si pudiese vivir siempre entre ellos me sentiría feliz! Me vuelvo loco por ellos y además estoy seguro de que me entienden.

—¿Qué edad tienes, Nobby?—preguntó el inspector, interviniendo en la conversación—. ¿No deberías estar en la escuela?

—Pues la verdad es que no he ido en mi vida, señor — contestó el muchacho —. Tengo catorce recién cumplidos y ahora ya no es cosa de empezar. ¡Palabra que no pienso hacerlo!

El muchacho hizo una mueca. Se daba cuenta de que en modo alguno representaba catorce años. Por su estatura, nadie le echaría más de doce. Luego se puso serio.

—¡Por *éstas*, que no bajo yo al campamento! — exclamó —. ¡Bueno me pondrían entre todos! ¡Que si ha estado la *poli* metiendo el hocico allí, que si..., nada, ni hablar! Y, además, el señor Gorgio estará furioso por haber perdido a su mejor acróbata y a su mejor payaso.

—Puedes quedarte con nosotros todo el tiempo que quieras — dijo Julián —. Todavía pasaremos por aquí algunos días.

Sin embargo, se equivocaba. Apenas se había marchado el inspector con su acompañante, cuando apareció la señora Mackie a toda prisa, con un pequeño sobre azul en la mano.

—El chico del telégrafo ha venido hace unos momentos — dijo — y os estaba buscando. Ha dejado este telegrama para vosotros. Espero que no traiga malas noticias.

Julián rasgó el sobre y leyó su contenido en voz alta:

Asombrados al recibir vuestra carta sobre extraordinarios acontecimientos que describís. Parecen peligrosos. Volved inmediatamente. PAPÁ.

—¡Oh. qué pena! — exclamó Ana —. ¡Ahora que todo ha pasado tenemos que marcharnos!

—Mejor será que baje a la ciudad a telefonear a papá para que vea que seguimos bien — dijo Julián.

—Puedes llamar desde mi casa — propuso la señora Mackie.

Aceptó la amable invitación y los dos se pusieron en marcha. De pronto a Julián se le ocurrió una brillante idea.

—Oiga, ¿su marido no necesita por casualidad a alguien para que le ayude con los caballos? — preguntó a la mujer —. ¿No querría admitir a un chico que los quiere, los entiende y trabaja duro y bien?

—Pues... yo diría que sí — contestó la anciana —. Ahora está un poco escaso de mano de obra. Precisamente el otro día estaba diciendo que le vendría muy bien un muchacho despabilado y trabajador.

—¿Cree usted que le importaría intentarlo con nuestro amigo Nobby, el del circo? — dijo Julián —. Le vuelven loco los caballos y puede conseguir de ellos cualquier cosa. Y además está acostumbrado a trabajar de firme. Estoy seguro de que les sería de gran utilidad.

Antes de marcharse de la granja y tras haber telefoneado a sus preocupados padres, Julián sostuvo una larga conversación con el señor Mackie, el granjero. Luego regresó corriendo al campamento con las buenas noticias.

—¡Nobby! — gritó cuando se acercaba —. ¡Nobby! ¿Te gustaría trabajar con el granjero y ayudarle a manejar los caballos? Dice que, si aceptas, podrías empezar mañana mismo y vivir en la granja.

—¡Rayos! — contestó el muchacho, asombrado e incrédulo —. ¿En la granja, con los caballos? ¡Córcholis! ¡Pues no me haría feliz ni nada! Pero seguro que al granjero no le gusta mi pinta.

—Sí, sí, dice que podéis probar — dijo Julián —. Tenemos que salir para casa mañana temprano. Hasta enton-

ces te puedes quedar con nosotros. No necesitas aparecer
por el campamento para nada.

—Bueno, pero, ¿y *Gruñón?* — dijo Nobby —. Tendré
que llevármelo conmigo. Es mi perro. Supongo que el pobre *Ladridos* ya se habrá muerto. ¿Tú crees que al granjero le molestará que tenga un perro?

—No, no lo creo — contestó Julián —. Bien, no te queda más remedio que bajar al campamento a recoger tus
cosas y a *Gruñón*. Mejor será que lo hagas ahora y luego
ya te quedas el resto del día con nosotros.

Nobby partió con el rostro resplandeciente de alegría,
repitiéndose para sí una y otra vez: «¡En la vida se me
habría ocurrido imaginarlo! Dan y Lou ya no están y no
me podrán pegar más, y ya no tengo que vivir más en el
campamento, y voy a tener a mi cuidado todos los caballos de la granja... ¡En mi vida se me habría ocurrido...!»

Los chiquillos se vieron obligados a despedirse de *Pongo*, ya que éste tenía que volver al circo, porque pertenecía al señor Gorgio y el muchacho no podía quedarse con
él. Además, aunque se lo hubiesen dejado, estaba seguro
de que el señor Mackie no le permitiría vivir con él en la
granja.

Pongo, con toda seriedad, les dio la mano uno por
uno, *Tim* incluido. Parecía darse cuenta de que era la despedida. Los niños se entristecieron al ver partir a tan simpático animal. Había compartido con ellos su aventura,
comportándose casi como pudiera haberlo hecho un ser
humano.

Cuando ya llevaba recorrido un trozo de camino, echó
a correr de nuevo hacia arriba y se acercó a Ana. Po-
niéndole los brazos en los hombros, le dio un cariñoso
abrazo, como si quisiera decir: «Todos sois simpáticos,
pero tú, Anita, eres la mejor de todos.»

—*Pongo*, tesoro, eres un verdadero sol — le dijo la

niña, regalándole un tomate. El animal salió corriendo, dando saltos de alegría.

Los chiquillos arreglaron todo, lavaron los platos del desayuno y limpiaron las carretas, disponiéndolas para la marcha del día siguiente. A la hora de comer, todavía no había regresado Nobby. ¿Por qué tardaría tanto en volver?

De repente, lo oyeron silbar por el camino. Llevaba un paquete a la espalda y a sus pies correteaban dos perrillos. ¡Dos!

—¡Eh, pero si uno es *Ladridos*! —gritó Jorge, entusiasmada—. Eso es que ya se ha curado. ¡Qué maravilla!

Nobby subía haciendo muecas de alegría. Todos le rodearon interesándose por lo sucedido al animal.

—¡Está estupendo!, ¿verdad? —contestó Nobby, descargando el paquete con todas sus posesiones—. Lucila lo curó. Casi se muere. pero ella lo hizo revivir y al día siguiente ya se encontraba tan fresco. Un poco débil de las patas a lo primero, pero ya está bueno del todo.

En efecto, el animal parecía curado por completo. Él y su compañero olfatearon a *Tim*, agitando la cola. Éste, aunque se mantenía digno y tieso, la movió también, por lo que los perrillos se dieron cuenta de que les recordaba con amistad.

—Tuve mucha suerte —explicó Nobby—. Sólo fue necesario hablar con Lucila y Larry. El señor Gorgio no estaba en el campamento, pues había tenido que ir a la comisaría a contestar algunas preguntas y muchos de los otros también. Así que le dije a Larry que le diera recado al señor Gorgio de que me iba. Luego cogí mis cosas y salí pitando.

—Bueno, ahora sí que podemos disfrutar de este último día —dijo Julián—. Todos nos sentimos felices.

En efecto, aprovecharon el día hasta el último segundo. Bajaron a bañarse al lago, luego tomaron una suculenta merienda en la granja, por invitación especial de la señora Mackie, y después cenaron al aire libre sobre el banco de piedra, viendo juguetear a su alrededor a los tres perros.

Nobby se sentía triste al pensar en que había de separarse de sus amigos, pero, al mismo tiempo, no podía evitar su alegría y su orgullo al haber conseguido un empleo en la granja con sus queridos caballos.

A la mañana siguiente, el muchacho, sus dos perros, el granjero y su esposa estuvieron diciendo adiós durante largo rato a los remolques.

—¡Adiós! —gritaba Nobby—. ¡Buena suerte! ¡Hasta otra!

—¡Adiós! —le contestaban los otros—. ¡Dale muchos abrazos a *Pongo* cuando lo veas!

—¡Guau, guau! —ladraba *Tim*. Pero sólo *Ladridos* y *Gruñón* comprendieron el significado—: «Dadle la pata a *Pongo* en mi nombre cuando lo encontréis.»

—¡Adiós, aventureros...! ¡Hasta vuestra próxima aventura!

FIN

Enid Blyton

ESCRITORA
DE LIBROS INFANTILES

Enid Blyton, que sin duda alguna ha acompañado a una gran mayoría de jóvenes —hoy adultos— en sus primeras lecturas, nació en Inglaterra en 1897. Después de iniciarse en los estudios de medicina, los abandonó para ejercer de maestra, movida ya por una fuerte inclinación hacia la juventud. Poco después de su boda con un cirujano cambia la tarima magistral por la máquina de escribir y comienza su incursión en el mundo de las letras con la publicación, en 1932, de una revista infantil y juvenil: «Enid Blyton's Magazine».

A ésta siguieron sus primeros libros, que se sucedieron con una rapidez increíble: la serie «Noddy», dedicada a niños de 4, 5 ó 6 años; otra colección bajo el epígrafe común de los «Siete Secretos» (para 8-12 años), y el «Club de los Cinco», publicada en España más tardíamente.

Personalmente, Enid Blyton poseía un carácter apacible y gustaba de la vida tranquila a la que en su residencia de Beaconsfield (cerca de Londres) podía consagrarse. Junto a esto, una inmensa capacidad de trabajo que llevaba a su segundo marido a arrancarle (literalmente hablando) la máquina de escribir de las manos para que descansase, son sus rasgos más característicos. Este último aspecto le pone de manifiesto un dato: sus 400 novelas publicadas, a un promedio, a veces, de un libro por semana.

Ha sido traducida a 63 idiomas, con un total de cuarenta y tres millones de ejemplares. Según una reciente estadística, las obras de esta autora son las más traducidas después de las de Julio Verne. Enid Blyton murió en Londres el 28 de noviembre de 1968.